Axel Hacke

DIE TAGE, DIE ICH MIT GOTT VERBRACHTE

Mit Bildern von
Michael Sowa

Verlag Antje Kunstmann

Für Ursula.
Und für Anne, Max, Marie, David und Josephine.

Diese ganze seltsame Geschichte begann mit einer Reise, die ich unternahm. Ich fuhr mit dem Zug in eine andere Stadt, hatte dort zu tun, und als das erledigt war, saß ich wieder im Zug und fuhr nach Hause. Es war Nacht, es war dunkel, ich sah zum Fenster hinaus ...

Nein, das ist nicht richtig! Ich sah nicht zum Fenster *hinaus*, denn ich sah im Fenster nur mich selbst. Das kennt jeder, der schon einmal mit dem Zug durch die Nacht gefahren ist: dass man von seinem Spiegelbild begleitet wird. Man schaut es an, und das Bild schaut zurück und man selbst schaut auch wieder zurück; so geht das hin und her, und irgendwann vergisst man, wer man ist, der hier oder der da drüben. Oder ist *hier*, so fragt man sich nach einer Weile, gar nicht *hier*, sondern eben – *drüben*?

Aber was nun kam, ist vielleicht noch niemandem passiert, und das, was danach geschah, schon gar nicht.

Deshalb erzähle ich es hier.

Denn nach einem Moment, in dem das Spiegelbild und ich besonders viel hin und her und her und hin geschaut hatten und ich eben, wie gesagt, schon gar nicht mehr wusste, wer jetzt das Spiegelbild war und wer ich selbst, und in dem ich mich fragte, warum ich mich die ganze Zeit selbst betrachtete und was ich eigentlich zu sehen hoffte, wenn ich mich selbst so ansah, und nachdem (also nach diesem einen Moment) ich wohl ein bisschen eingenickt war und für Sekunden nicht mehr recht wusste, ob ich nun noch schlief oder schon wach war – da fuhr einer von uns beiden allmählich schneller und schneller und dem anderen davon.

Als ich mir selbst entgeistert hinterhersah, wie ich mit dem schnelleren Zug in der Nacht entschwand, und als ich gleichzeitig auch sehr erstaunt bemerkte, dass ich im selben Augenblick hinter mir selbst in dem langsameren Zug zurückblieb – da blieb nichts übrig, als mir selbst noch einmal mit einer kurzen Handbewegung zuzuwinken.

Und in der Fensterscheibe vor mir, wo zuvor noch mein Bild gewesen war, war nur noch schwarze Nacht.

Doch dauerte das nicht lange. Nach einigen Minuten tauchten draußen vor dem Fenster die ersten Lichter der Stadt auf, dann auch die zweiten und die dritten, ich erkannte meine Stadt, ich sah ihre Straßen, ich sah sie nur zu genau, denn der Zug fuhr mitten auf dem Asphalt, er fuhr die Sonnenstraße hinunter, dann die Müllerstraße, und an der Ecke, wo sich der Laden befindet, an dem ich morgens meine Zeitungen kaufe, dort, wo natürlich noch nie ein Zug gefahren war und wohl auch nie wieder einer fahren würde (nein, das ist nicht richtig, einmal wird in dieser Geschichte noch ein Zug dort fahren, so viel kann ich verraten), an dieser Ecke also bog er plötzlich in meine Straße ein, der Zug.

Einige Autos warteten derweil, mehrere Passanten eilten, ohne die Bahn weiter zu beachten, den Bürgersteig entlang, ein Liebespaar küsste sich vor dem Eingang eines Lokals.

Wir fuhren langsamer und hielten genau vor meinem Haus.

Ich nahm meine Aktentasche, ging zur Waggontür und drückte auf den grünen Türöffner. Die Tür öffnete sich, ich stieg aus, nur ich, niemand sonst. Ich schloss die Haustür auf, da schoss mir aus dem Aufzug schon mein lieber Büro-Elefant entgegen. Ich blieb in der Eingangstür des Hauses stehen, strich dem Büro-Elefanten über den Rücken, kraulte ihm die Ohren und hörte, wie sich hinter mir leise zischend die Türen des Zuges schlossen. Ich drehte mich um und sah, wie er die Straße entlangfuhr und um die nächste Ecke bog, dort, wo das Schokoladengeschäft ist.

Merkwürdig, dachte ich noch, es sind wirklich gar keine Schienen zu sehen und auch keine Oberleitung.

Kaum hatte ich dann unsere Wohnung betreten, erzählte ich sofort meiner Frau und den Kindern, die noch wach waren, dass ich soeben mit einem Fernzug direkt in unsere beschauliche Innenstadtstraße gefahren sei – und sie umarmten mich und riefen: Wie schön sie es fänden, dass ich eine so blühende Vorstellungskraft hätte und ihren Alltag mit so detailreich erfundenen Erzählungen bereicherte und verzierte!
»Aber ich habe es nicht erfunden, es ist wirklich geschehen!«, rief ich, doch da waren sie schon dabei, mir zu berichten, was in den Tagen meiner Abwesenheit vorgefallen war, und ich lauschte und lauschte, und dann gingen wir alle schlafen.

Am nächsten Tag geschah Folgendes: Um zu arbeiten, ging ich wie gewöhnlich morgens in mein kleines Büro, das sich nicht weit von unserer Wohnung entfernt befindet. Aber es handelte sich um einen von diesen Tagen, an denen es nicht voranging mit meiner Arbeit. Ich saß an meinem Schreibtisch, dann stand ich wieder auf, setzte mich wieder hin, stand erneut auf und betrachtete die kleine Standuhr, die mein Vater mir vererbt hatte

und die nun, so viele Jahre nach seinem Tod, in meinem Regal stand, stumm und still, denn ich zog sie nie auf.

Ich verfiel in jenes ziellose, sich im Kreis drehende Grübeln, das ich von meinem Vater ebenso geerbt habe wie diese Uhr, und als ich nicht mehr weiterwusste, schnappte ich mir meinen Büro-Elefanten und ging mit ihm spazieren. Gleich beim Büro um die Ecke befindet sich ein sehr alter Friedhof, auf dem viele berühmte Menschen begraben sind, solche, die in ihrem Leben etwas getan haben, das sie anderen Menschen unvergesslich macht, so unvergesslich, dass man Straßen, Plätze und Schulen nach ihnen benannt hat. Und dass man ihnen eben einen eigenen Friedhof einrichtete, als Gedächtnisstütze sozusagen. Denn manchmal vergessen die Menschen, dass ihnen etwas unvergesslich ist – und dann helfen ein Friedhof oder auch eine Straße, ein Platz oder eine Schule enorm, sich des Unvergesslichen zu erinnern.

Auf diesem Gottesacker gehe ich gerne mit dem Büro-Elefanten spazieren. Dieser Büro-Elefant ist ein besonderes Tier, ungefähr 25 Zentimeter groß. Er jagt dann den Eichhörnchen und den Ratten nach, und seit ich ihm einmal ein Elefantenbuch vorgelesen habe, in dem es hieß, eine Elefantenherde sei geräuschvoll durch den Dschungel gebrochen, bricht er stets geräuschvoll durch das hohe Gras zwischen den alten Gräbern, um die Hunde zu erschrecken. Sie schleichen feige an den Leinen ihrer Besitzer über die Wege, wie es Vorschrift ist und wie es auf den Schildern steht, auf denen das Anleinen von Büro-Elefanten vorzuschreiben vergessen worden ist.

Vor dem Grab eines berühmten Zoologen verweilt er immer still.

An diesem so zergrübelten Tag nun (bald nach der erwähnten Zugreise, wie gesagt) setzte ich mich, nach einer Weile des Dahingehens, Durchsgrasbrechens und Hundeerschreckens, auf eine Bank. Diese Bank steht vor der Wand eines großen Hauses, das direkt an den Friedhof grenzt. Der Büro-Elefant legte sich unter die Bank, und so saßen und lagen wir da, als sich ans andere Ende der Bank ein Mann setzte, den ich nicht kannte, aber schon oft im Viertel gesehen hatte, ein alter Herr.

Wie selten man das heute sagt, nicht wahr? Ein alter Herr.

Liegt es daran, dass es immer weniger alte Herren gibt? Oder dass einfach niemand mehr alt sein will? Oder dass das Wort »Herr« so unbeliebt geworden ist, weil …

Mann, ich weiß es doch auch nicht!

Jedenfalls lag etwas Soigniertes, aber nicht übermäßig Korrektes in seiner Erscheinung: ein schmales, scharf konturiertes Gesicht, die weißen, immer noch vollen Haare vielleicht einen Tick zu lang, ein müder Zug um die (doch wachen) Augen, dazu ein älterer grauer Wollmantel, für den es im Moment fast ein wenig zu warm war hier draußen.

Er sagte nichts, und ich sagte nichts. Aber jemand anders sagte etwas, denn aus einem offenen Fenster hinter und über uns hörten wir plötzlich Stimmen von Menschen, die sich stritten, eine Frau und ein Mann, so ist es ja meistens. Die Stimmen wurden lauter, man verstand trotzdem nicht, was die Leute riefen, obwohl das Fenster offen war. Es rumpelte und krachte – und dann stand der alte Mann *mit einem Mal*, wie meine Großmutter gesagt hätte, also *plötzlich* stand er auf, ging rasch auf meine Seite und schubste mich mit einer überraschend kräftigen Bewegung von der Bank ins Gras, um dann selbst zur Seite zu treten, worauf man natürlich, um es vorsichtig auszudrücken, verdutzt reagiert hätte, ich, liegend, aber gar keine Zeit zur Verdutzung hatte. Denn kaum war ich geschubst worden, sauste auf die Stelle, die eben noch mein Sitzplatz gewesen war, ein großer, schwerer Globus nieder, dessen Glas auf dem Holz der Bank krachend zersplitterte und dessen metallener Fuß eine große Delle ins Bankholz schlug.

Oben am Fenster tauchte, wie ich aus dem Augenwinkel sah, kurz ein Frauengesicht auf, dann hörte ich die wohl zu diesem Frauengesicht gehörende Stimme »Verpiss dich, sonst fliegt dein restlicher Scheiß auch noch da runter!« rufen, dann knallte eine Tür, dann schloss sich das Fenster klappernd.

Dann war Ruhe.

Und der alte Herr, ohne den ich das Opfer einer Auseinandersetzung geworden wäre, mit der ich nicht das Geringste zu tun gehabt hatte, und ohne den ich, von einer Weltkugel erschlagen, an diesem Ort gestorben wäre, bevor ich überhaupt nur annähernd so berühmt hätte werden können, wie man berühmt gewesen sein muss, um auf dem Friedhof der Berühmten begraben zu werden: Dieser alte Herr also verschwand durch die einige Meter entfernte, große geschmiedete alte Tür in der Friedhofsmauer, ohne sich um mich zu kümmern und ohne sich noch ein einziges Mal umzudrehen.

Aber dabei blieb es nicht.

Als ich am nächsten Morgen mit meinem Büro-Elefanten über die Straße ging, stellte ich fest, dass der Wind über Nacht einen gelben Staub in die Stadt geweht hatte und immer noch wehte, und dass dieser Staub sich auf alles gelegt hatte und immer noch legte, die Autos, die Fahrräder, die Straße, die Markisen vor den Geschäften, auch die Cafétische, die über Nacht draußen stehen geblieben waren. Dies alles war von einer körnigen, gelben Schicht bedeckt, die, wie feiner Sand, bisweilen auch unter den Augenlidern zu spüren war.

Aber es handelte sich nicht um Sand, wie ich bereits wusste (denn ich hatte es aus der Morgenzeitung erfahren), sondern um Fichtenpollen, Blütenstaub aus den Nadelwäldern am Stadtrand und in den Bergen.

Auf der anderen Straßenseite traf ich den alten Herrn, an dem ich früher immer einfach vorbeigegangen war, weil wir uns ja nicht kannten. Aber nun grüßte er mich, und ich grüßte ihn. Wir blieben beide stehen, aber aus einem Grund, den ich nicht nennen kann, weil ich ihn nicht kenne, kamen wir auf das tags zuvor Geschehene nicht zu sprechen. Wir redeten, als würden wir uns schon lange kennen.

»Ist es nicht seltsam«, sagte ich zu ihm, »dass wir nur so wenige Formen des Niederschlags kennen, und dass deswegen gelber Staub für uns etwas Besonderes ist? Etwas Erwähnenswertes?«

»Wie meinst du das?«, fragte er.

»Es gibt nur Regen, Schnee, bisweilen Hagel«, sagte ich, ohne mich auch nur einen Augenblick zu wundern, dass er mich duzte. »Und es gibt unsere Empfindungen dazu. Dass wir also den Regen oft als etwas Lästiges sehen, den Schnee aber, der doch nichts anderes als Regen bei Minusgraden ist, immer wieder schön finden, obwohl er im Gegensatz zum Regen nicht einmal abfließt, sondern bleibt – das meine ich. Oder finden wir ihn schön, *weil* er bleibt und die Konturen unserer Umgebung verändert und also für Abwechslung sorgt?«

»Andererseits ist Regen nichts anderes als Schnee bei Plusgraden«, sagte der alte Herr. »Aber Schnee regt die Fantasie an, nicht wahr?«

Ich sagte: »In einem Film habe ich mal gesehen, wie über einer amerikanischen Stadt ein großer Froschregen niederging. Tausende von Fröschen fielen mit einem Mal, wie meine Großmutter gesagt hätte, vom Himmel, die Tiere klatschten auf die Straßen und die Dächer, sie zerplatzten auf Scheiben, das Lurchblut rann die Autokarosserien hinunter. Auf den Straßen glitschten Autos auf der schleimigen Froschschicht herum, und die Fahrer wurden ihrer Fahrzeuge nicht mehr Herr, weil das alles so überraschend kam und kein Autoklub Fahrtrainings auf Amphibienglibber hatte anbieten können. Als ich den Film gesehen hatte, ging mir eine ganze Weile dieses dumpfe Aufplumpsen der Tiere nicht mehr aus dem Gehör.«

»Wie überaus eklig!«, murmelte der alte Mann.

»Aber interessant!«, sagte ich. »Stellen Sie sich doch einfach vor, es gäbe neben den bekannten langweiligen Niederschlagsformen auch mal kleine Überraschungen, mit denen niemand gerechnet hätte, einen Marshmallowschauer vielleicht, ein kleines Geprassel aus seltsamen winzigen roten Sternen, einen Hagel ungarischer Forint-Münzen oder einen Wolkenbruch von Himbeeren. Wenn man also zum Himmel emporschauen würde, wo sich etwas zusammenbraute, und man wüsste nicht, was gleich auf uns niederkommt …«

»Ich werde drüber nachdenken«, sagte er und verabschiedete sich höflich, sodass auch ich weiterging, den Bürgersteig entlang, wo nach etwa hundert Metern urplötzlich etwa zehn kleine graue Regenwolken vom Himmel sausten und sich vor mir zu einem Haufen türmten. Ein mannshoher Stapel aus Regenwolken lag plötzlich da, Wolken, die sich nicht etwa zu einer einzigen Wolke vereinten, sondern sauber konturiert blieben, Wolke lag auf Wolke lag auf Wolke auf …

Ich erschrak. Dann drehte ich mich um und sah den alten Herrn, der mir mit einer Hand so freundlich wie nachdenklich zuwinkte.

Neugierig trat ich auf die Wolken zu. Der Büro-Elefant senkte seinen Rüssel in den Haufen, saugte Wasser heraus und spritzte es sich ins Maul. Ich wollte eine der Wolken vorsichtig in die Hand nehmen und betrachten, aber sie stieg sofort auf und schwebte über meinem Kopf in der Luft. Ich hüpfte, um sie fassen zu können, aber sie wich mir aus, schwebte hierhin und dorthin, blieb jedoch immer über mir. Nach einer Weile begann es, aus ihr zu regnen.

Ich stand auf dem Bürgersteig, am Himmel stand die Sonne – aber über mir war diese kleine regnende Wolke, deren Wasser nun zu meinen Füßen etwas von dem gelben Staub in den Rinnstein spülte.

Über dem Büro-Elefanten: eine zweite.

Langsam segelten, an den Wolken vorbei, zwei schwarze Regenschirme aus dem Zenit. Ich nahm einen, hielt ihn über meinen Kopf, der Büro-Elefant schnappte sich den zweiten mit dem Rüssel, so eilten wir in mein Büro, immer verfolgt von den Wolken, aus denen es nun prasselte und prasselte. Selbst im Flur des Hauses, in dem sich mein Büro befindet, schüttete es, ein kleiner Wasserfall rauschte schon das Treppenhaus hinunter. Ich machte mir Sorgen, was der etwas penible Nachbar aus dem ersten Stock sagen würde, aber Gott sei Dank war niemand zu sehen. Also rannten wir ins Büro hinauf und dort sofort in das kleine Bad. Als ich dessen Tür öffnete, schwebten die Wolken hinein und blieben über der Badewanne stehen, in die sie nun rauschend ihren Inhalt ergossen. Eilig schloss ich die Badezimmertür, stellte die beiden Regenschirme im Hausflur ab, zog meinen Mantel aus, rubbelte mit einem Handtuch den Elefanten trocken, wischte einige Pfützen auf dem Parkett auf und setzte mich an den Schreibtisch. Der Büro-Elefant legte sich zu meinen Füßen hin.

Im Bad rauschte der Regen.

Es klingelte.

»Kleiner Scherz von mir«, hörte ich die Stimme des alten Herrn in der Sprechanlage. »Soll ich mal hochkommen?«

»Bitte!«

Ich drückte den Türöffner. Mein neuer Bekannter musste vier Treppen zu Fuß gehen und schnaufte ganz schön, als er oben war. Der Büro-Elefant schnoberte zutraulich um ihn herum und legte sich dann wieder unter den Schreibtisch.

»Ich wollte mal sehen …«, sagte der Alte.

»Was – sehen?«

»Wie du so lebst. – Wo sind die Wolken?«

»Im Bad.«

Er öffnete die Badezimmertür. Das rauschende Geräusch erstarb. Ich sah ihm über die Schulter. Die Wolken waren weg.

»Wollen Sie mir nicht irgendwann mal irgendwas erklären?«, fragte ich.

»Eigentlich nicht«, sagte er.

Er schaute sich in Ruhe um und nahm dann die kleine Standuhr aus meinem Bücherregal.

»Sie geht falsch«, sagte er.

»Sie geht gar nicht«, sagte ich. »Es ist die Uhr meines Vaters. Sie stand auf dem Sideboard bei uns im Wohnzimmer. Er zog sie jeden Abend auf und stellte sie dabei ein, immer um acht Uhr, bevor die Fernsehnachrichten begannen.«

Er hielt die Uhr ans Ohr.

»Und jetzt steht sie?«

»Ja. Ich habe sie nie aufgezogen. Sie steht, seit mein Vater tot ist.«

»Er starb um 22 Uhr?«

»Sie lief natürlich weiter nach seinem Tod, so lange es noch ging. Aber dann blieb sie stehen, und das war's.«

»Warum ziehst du sie nie auf?«

»Weil ich nicht sein will wie mein Vater.«

»Nein?«

»Er zog eben jeden Abend um die gleiche Zeit die Uhr auf. Ich will kein Mann sein, der jeden Abend um die gleiche Zeit die gleiche Uhr aufzieht.«

»Warum nicht?«

»Ich will kein langweiliges Leben voll öder Gewohnheiten und voller Rituale, mit denen man seine Angst vor dem Leben beruhigt.«

»Hatte dein Vater Angst vor dem Leben?«

»Mehr als vor dem Tod, glaube ich. Er zog die Uhr jeden Abend auf, weil ihm das etwas von seiner Angst nahm. Er musste es tun, verstehen Sie? Es gab ihm Sicherheit. Wenn Sie jeden Tag um dieselbe Zeit dasselbe tun, gibt Ihnen das eine gewisse Ruhe.«

»Warum hast du die Uhr dann trotzdem hier? Warum hast du sie nicht weggeworfen oder verschenkt?«

»Vielleicht weil sie ein Symbol ist. Eine Art Warnung. Weil die Uhr für etwas steht, das ich nicht will.«

»Und weil sie dich an deinen Vater erinnert.«

»Ich brauche nichts, das mich an meinen Vater erinnert. Ich erinnere mich auch so jeden Tag an ihn. Ich stehe manchmal vor der Uhr und grübele«, sagte ich. »Und es ist, als stünde ich dann genauso still wie die Uhr, und nichts geht voran mit meiner Arbeit. Ich drehe mich bloß im Kreis.«

»Das wäre doch ein Grund, die Uhr wegzutun«, sagte er.

»Nichts geht weiter«, sagte ich noch einmal, ihn nicht gehört habend. »Nichts. Nichts. Nichts.«

»Sehr seltsam«, sagte er.

»Es quält mich manchmal«, sagte ich, und nach einer Pause:

»Aber was tun wir? Wo bin ich gelandet? Wer sind Sie? Was für ein seltsames Spiel spielen wir?«

»Ist es ein Spiel? Meinetwegen. Dann lass es uns einfach spielen!«

In seinem Ausdruck lag nun zum ersten Mal so etwas wie eine Bitte, etwas Inständiges, gegen das ich nichts tun konnte. Oder wollte.

Er öffnete die Tür und ging.

Von diesem Tag an klingelte der alte Herr fast jeden Tag bei mir, aber er kam eigentlich kaum noch ins Büro hinauf. Stattdessen gingen wir in die Stadt hinunter oder zur Isar hinüber, wir durchstreiften die Parkanlagen am Fluss, und manchmal machten wir auch einen Gang über den alten Friedhof, auf dem wir uns kennengelernt hatten.

Oder wir besuchten die beiden steinernen Löwen vor der Feldherrnhalle, die auf ihren Podesten so langsam aus dem Gebäude herausschreiten: Einmal stellten wir uns mit einem dünnen Reifen vor den linken Löwen, der alte Herr setzte sich einen Zylinder auf und zündete den Reifen an, der tatsächlich gut brannte. Dann sprang der Steinlöwe durch den brennenden Reifen, um sich gleich wieder auf sein Podest zu begeben und erneut langsam aus dem Gebäude herauszuschreiten.

»Wie ist das möglich?«, fragte ich.

»Vieles ist möglich, wenn ich in der Nähe bin, das müsstest du doch jetzt wissen«, sagte er und ließ den Löwen noch einmal springen.

»Mein lieber Scholli!«, sagte ich. »Das ist großartig!«

Aber niemand sah es, außer uns und einigen Japanern, die es natürlich auch fotografierten. Irgendwo auf einer japanischen Facebook-Seite wird es wohl zu sehen sein.

Einmal gingen wir die Sonnenstraße entlang Richtung Stachus, und dort, wo sich eine Bankfiliale befindet, lehnte an der Hauswand eine hübsch gemusterte Schlange, die in aller Ruhe an einer Zigarette zog und den Rauch dann langsam ausstieß.

»Kann diese Schlange nicht lesen?«, sagte ich.

Denn direkt neben dem Tier hingen an der erwähnten Hauswand drei Schilder.

Erstens: »Rauchen verboten!«

Zweitens: »Schlangen verboten!«

Drittens: »Was glauben Sie, was mit rauchenden Schlangen ist!?«

»Diese Schlangen sind irgendwie verbotsresistent«, sagte mein Begleiter. Er zog aus der Innentasche seines Mantels zwei Zigaretten.

»Komm, wir rauchen auch!«

Er nahm der Schlange ihre Zigarette aus dem Mund. Sie ließ

ein leises Zischen hören, aber er zündete sich ungerührt seine Zigarette mit der Schlangenzigarette an. Darauf warf er die Zigarette der Schlange auf den Boden und trat sie aus.

»Wie steckt sich eigentlich eine Schlange eine Zigarette in den Mund und wie zündet sie die an?«, fragte ich. »Ich meine, so ohne Arme.«

Er nahm einen tiefen Zug und reichte mir die andere Zigarette aus seiner Manteltasche.

»Nein, danke«, sagte ich.

Er zuckte die Achseln, steckte die Zigarette wieder weg und nahm noch einen Zug.

In diesem Moment bog ein großer und sehr müde wirkender Hund um die Ecke, der eine halb gerauchte Zigarette im Maul hängen hatte, eine andere trug er hinter einem seiner großen Ohren. Er blieb vor der Schlange stehen und wartete, da kam eine Katze die Straße entlanggelaufen. Sie hielt neben der Schlange, holte von irgendwoher ein Feuerzeug, nahm die hinter dem Hundeohr steckende Zigarette, steckte sie der Schlange in den Mund und zündete diese Zigarette an. Die Schlange inhalierte gierig und atmete dann den Rauch in langen Schwaden aus. Der Hund rauchte in aller Gemütsruhe weiter, die Katze schaute den beiden zu.

»Ganz einfach, oder?«, sagte der Alte.

Einmal gingen wir auch wirklich nur so vor uns hin, wir trotteten einfach das Trottoir entlang aus keinem anderen Grund als dem, dass das Trottoir endlich begreifen sollte, warum es Trottoir heißt.

Und ich fragte: »Was sind Sie eigentlich für ein seltsamer Zauberer?«

»Zauberer ist gut«, sagte er, ging schneller, war plötzlich um die Ecke und weg.

Als ich allein nach Hause ging, dachte ich noch einmal an eine Vorstellung, die mich schon lange begleitete: Ich hatte mir den, der unsere Welt erschaffen hat, immer als einen melancholischen alten Mann gedacht, der etwas Großes hatte tun wollen, der geglaubt hatte, eine wunderbare Idee zu haben, und der nun ansehen und einsehen musste, dass er dabei Fehler gemacht hatte, nicht wieder gutzumachende Fehler.

Ich hatte ihn mir also vorgestellt, wie man sich jemanden vorstellen muss, der ein Buch geschrieben hat, einen Film gemacht, ein Bild gemalt, eine Maschine konstruiert oder eine wissenschaftliche Theorie entworfen, und der nun aber, da er alt geworden ist, sieht, dass dieses Buch (oder der Film, das Bild, die Maschine, die wissenschaftliche Theorie) Makel hat, Unschönheiten, nein, mehr als das: gravierende Macken. Dass also das Buch an vielen Stellen sprachlich unzulänglich ist, sieht er nun, oder der Film in seinen Bildern voller Schwächen, das Bild von mangelnder Ausdrucksstärke, die Maschine von viel zu geringer Leistungskraft und die wissenschaftliche Theorie an entscheidender Stelle löchrig.

Ich hatte in Gedanken einen Künstler oder einen Ingenieur oder einen Wissenschaftler vor mir, der nicht gut damit zurechtkam, dass er ... nein, nicht gescheitert war – dass er aber nicht das erreicht hatte, was zu erreichen er sich doch vorgenommen hatte und was vielleicht auch möglich gewesen wäre.

War es möglich, dass der Mann, dem ich jetzt begegnet war und mit dem ich nun schon einige Zeit verbracht hatte, dieser Mann war, den ich mir immer vorgestellt hatte?

Bei unserem nächsten Spaziergang sagte ich, kaum hatten wir uns aufgemacht: »Um es mal offen anzusprechen: Verstehe ich die Angelegenheit hier nun eigentlich richtig, dass Sie, wie soll ich das nennen?, dass Sie also der Erschaffer der Welt sind?«

»Na ja«, sagte er, »um es kurz zu machen: ja.«

»Das soll ich glauben?«

»Du sollst es nicht glauben. Ich erzähle dir einfach, was ich dir erzähle, und wir erleben, was wir erleben. Und das war's. Das wird es auch eines Tages gewesen sein. Glauben ist was für die anderen.«

»Aber wenn Sie der Erschaffer der Welt sind, dann sind Sie Gott? Das habe ich jetzt richtig verstanden, oder?«

Und er sagte: »Einerseits. Andererseits mag ich das Wort irgendwie nicht. Gott ist bei euch einer, an den die Leute glauben. An mich glaubt keiner, oder siehst du irgendjemand, der mich anbetet? Eigentlich müssten doch die Leute hier in Scharen hinter mir herlaufen, oder? Oder mir auf Knien folgen. Tut aber niemand. Weil die Menschen, wenn sie mit Gott reden, vor allem mit sich selbst reden. An mir sind sie nicht interessiert, nur an dem Gott, den sie sich erfunden haben. Ich komme nie zu Wort. Mich kennt keiner. Mir hört niemand zu.«

»Und jetzt lassen Sie hier Löwen springen und zeigen mir rauchende Schlangen? Deswegen sind Sie hier?«

»Bisschen Spaß, mein Junge!«

»Sie sind zum Spaß hier?«

»Nein, nein.«

»Und wieso kommen Sie ausgerechnet zu mir?«

»Wieso ›ausgerechnet‹?«

»Warum nicht zu jemand anders? Warum ich?«

»Du weißt doch gar nicht, wem ich sonst noch erscheine.«

»Auch wieder wahr.«

»Aber wenn du jemand von mir erzählen würdest, würde dir auch keiner glauben.«

»Klar.«

»Oder sie würden dich für verrückt halten. Jedenfalls: Ich habe mich entschlossen, nach langer Zeit einmal für eine Weile in meiner eigenen, von mir erschaffenen Welt zu leben.«

»Klar. Und wo leben Sie sonst?«

»Es übersteigt deine Vorstellungskraft!«

»Wieso das?«

»Kannst du dir nicht vorstellen, dass es Dinge gibt, die du dir nicht vorstellen kannst? Hat der Lila Dickfuß eine Ahnung, wie ein Mensch lebt?«

»Lila Dickfuß?«

»Ein Giftpilz. Es gibt Formen des Lebens, die einfach über euren Horizont gehen, so wie der Mensch sich weit jenseits des Horizonts eines Lila Dickfußes befindet. Kann sich eine Ameise ein Bild vom Mond machen? Könntest du dir zum Beispiel vorstellen, dass dieses Universum, in dem wir uns hier gerade befinden, nur ein einziges Atom in einer ganz anderen Welt ist?«

Ich sagte, dass ich kürzlich ein Interview mit einem berühmten Physiker gelesen hätte. Er habe es, sagte ich, »ein spektakuläres Versäumnis« genannt, dass die menschlichen Nerven so träge seien, aus Protein, Wasser, Fett gemacht und damit nicht in der Lage, Funksignale zu übertragen: »Nerven aus sehr dünnem metallischen Draht wären besser«, habe er gesagt und: »Damit hätten wir viel kürzere Reaktionszeiten. Und wir könnten in Lichtgeschwindigkeit denken!«

»Ja, natürlich, natürlich«, sagte der Alte, den ich nun der Einfachheit halber »Gott« nannte. »Aber meine Idee war: Ich wollte gerade das Unvollkommene. Ich wollte sehen, wie das Leben mit dem Nichtperfekten zurechtkommt. Ich bin doch kein Ingenieur. Ich bin Künstler. Dieses Universum: mein Hauptwerk! Du kannst dir nicht vorstellen, was ich vorher für Sachen gemacht habe. Was für einfache Welten!«

Er schüttelte langsam den Kopf.

»Einmal habe ich eine Welt gemacht, die nur aus dreiund-

zwanzigjährigen Sekretärinnen bestand, die den ganzen Tag ›Guten Tag, hier ist die Firma Schnabelweit, Sie sprechen mit Cordula Müller, was kann ich für Sie tun?‹ sagten. Aber es gab niemanden, für den sie etwas hätten tun können, überall waren ja nur Sekretärinnen.«

Er trat auf dem Bürgersteig näher an das Haus heran, vor dem wir gerade standen, griff nach einem Schubladengriff, den ich bis dahin gar nicht gesehen hatte, und zog eine große tiefe Schublade aus dem Haus heraus.

Ich war sehr erstaunt, obwohl ich ja nun schon dieses und jenes mit ihm erlebt hatte.

Aber ich hatte erstens einfach nicht geahnt und nie gesehen, dass es in diesem oder einem anderen der Häuser in unserer Straße Schubladen gab.

Und zweitens saß in der Schublade ein Mann an einem Schreibtisch.

»Auch ein Frühwerk«, sagte Gott. »Ich schuf damals die Ein-Mann-an-einem-Schreibtisch-Welt, die aus nichts anderem als einem Mann an einem Schreibtisch besteht und immer bestehen wird. Dieser Mann sitzt für alle Ewigkeiten dort.«

Ich schaute in die Schublade hinein, und der Mann blickte kurz nach oben zu mir, mit einem Gesichtsausdruck, den ich seitdem nie wieder vergessen habe, es war nämlich darin eine Traurigkeit, die geradezu gefährlich war, eine Traurigkeit, die einem, wenn man sie sah, jedes andere Gefühl aus dem Körper zu saugen schien, eine Traurigkeit, in deren Gegenwart kein anderes Empfinden möglich war.

Ich kannte Menschen, in deren Anwesenheit mir genauso zumute war wie jetzt, als ich den Mann in der Schublade  sah, aber so destilliert, so rein, so wie … wie … wie purer Alkohol war das Gefühl noch nie gewesen.

Ich streckte langsam einen Finger vor, um den Mann in der Schublade zu berühren. Aber in dem Moment, in dem dieser Finger den Mann erreichte, war der Mann plötzlich verschwunden. Als ich den Finger zurückzog, saß er wieder da, der Mann. Ich versuchte nun, ihn mit einem sehr rasch vorschnellenden Finger zu erreichen – weg war er. Kaum nahm ich den Finger zurück, tauchte der Mann wie aus einem Nebel wieder auf.

»Und man kann gar nichts machen?«, fragte ich.

»Nichts«, sagte Gott. »Absolut nichts. Es gibt keine Therapien für Männer in Schubladen.«

Er schob die Schublade wieder zurück in die Wand. Aber bevor sie sich endgültig schloss, drang aus dem allerletzten Spalt ein schreckliches tiefes Schluchzen.

Dann war sie zu, und auch der Schubladengriff war nicht mehr zu sehen.

Ich betrachtete die nun leere Hauswand eine Weile, schwieg und sah Gott lange an.

»Ich weiß«, sagte er. »Ich weiß.«

»Und warum sind Sie jetzt wirklich hier?«, fragte ich dann.

»Viele Gründe. Ich wollte es mir mal ansehen, unter anderem.«

»Was Sie gemacht haben? Und wie alles so geworden ist?«

»Ja. Und weil du beinahe von einer Weltkugel erschlagen worden wärst, hast du das schon vergessen?«

»Das war der Grund?«

»Das war der Grund.«

»Wirklich?«

»Nein, natürlich nicht.«

»Wollen Sie mich bekehren? Missionieren?«

»Ich habe dir doch schon gesagt: Um Glauben geht es nicht. Ich glaube doch nicht einmal an mich selbst.«

»Worum geht es dann?«

Er gab keine Antwort. Er drehte sich einfach um und ging.

Tage später traf ich Gott am Altglascontainer. Wieder war, wie oft in letzter Zeit, ein Attentat geschehen, Bestien waren in Blut gewatet, sie hatten aus keinem anderen Grund getötet als diesem: dass sie unsere Art zu leben hassten. Der müde Zug um Gottes Augen war an diesem Tag noch müder geworden. Er warf Champagnerflasche um Champagnerflasche in den Behälter. Nicht, dass ich dächte, er besaufe sich jeden Abend, sagte er, andererseits, ehrlich gesagt: er tue es doch, ein bisschen jedenfalls. Champagnertrinken, überhaupt Lebensgenuss, Barbesuche, Tanz, Gesang seien geradezu Pflicht geworden, eine Demonstration gegen die Barbarei – da wolle er nicht abseits stehen. Außerdem schmecke es ihm und heitere ihn auf. Nur mit dem Magen müsse er aufpassen: die Säure. Er habe in zwanzig Milliarden Jahren nie Sodbrennen gehabt, aber in letzter Zeit …

Was ich von diesen Tabletten hielte, den Säureblockern?

Wir gingen einen Kaffee trinken.

Ob es ihn nicht jucke, fragte ich: mal dreinzuhauen, zu zeigen, wo der Hammer hänge, Stichwort Sintflut, Stichworte Sodom, Gomorra.

Ja, erwiderte er, aber wo fange man an, höre man auf? Tag für Tag sei das Übel in der Welt, überall, da hätte er viel zu tun. Er habe das Böse geschaffen, weil er gedacht habe: Wie solle man das Gute erkennen, wenn es das Böse nicht gebe? Wie könne man den Tag begrüßen, wenn man die Nacht nicht habe?

Wie sei es möglich, das Leben zu schätzen, wenn es keinen Tod gebe? Nicht falsch, oder? Aber es quäle ihn, er sehe, was er angerichtet habe, bis zum Urknall zurück reue es ihn.

Was solle er tun?

Er sei Gott, Rückbau sei seine Sache nicht, er wisse gar nicht, wie das gehe. Die Prinzipien unserer Welt ließen sich nicht mehr ändern, das stehe fest, nicht mal von dem, der die Prinzipien geschaffen habe, ließen sie sich ändern.

Urknall sei Urknall.

»Aber Sie sind allmächtig!«, rief ich.

»Allmacht wird überschätzt«, seufzte er. »Sie reicht nicht zurück, sie wirkt nur nach vorne.«

»Dann ist sie ja keine Allmacht.«

»Ich sagte dir doch schon: Manche Dinge übersteigen eure Vorstellungskraft.«

»Warum sind wir hier, Gott?«, fragte ich.

»Weil wir das Altglas entsorgen«, sagte er.

»Nein, *überhaupt hier*, warum sind wir *überhaupt hier auf der Welt*?«

»Vergiss diese Frage!«

»Ich kann sie nicht vergessen.«

»Dann vergiss sie eben nicht.«

»Aber ich hätte gerne eine Antwort, wenn wir uns schon mal begegnen.«

»Du wirst nie eine bekommen. Hör auf, dem Leben solche Fragen zu stellen. Es ist das Leben, das dir Fragen stellt. Du musst antworten, nicht fragen. Aber du kannst dir natürlich Antworten auf deine Fragen ausdenken. Du kannst ein Spiel daraus machen, dir eine Antwort auszudenken. Ich finde euch übrigens sowieso am besten gelungen, wenn ihr ein Spiel aus den Dingen macht. Dann gefallt ihr mir am besten.«

»Ein Spiel? Das ist kindisch, oder?«

»Natürlich.«

»Was meinen Sie mit: Spiel?«

»Etwas sehr ernst und gleichzeitig überhaupt nicht ernst zu nehmen. Es ist doch schön, wenn man beides schafft und auch noch gleichzeitig, findest du nicht? Um auf deine Frage, warum ihr hier seid, zurückzukommen: Die Antwort kannst du nur selbst geben«, sagte Gott. »Und sie wird wahrscheinlich falsch sein. Ich kann dir nur eines sagen: Du musst immer beides wissen, dass du erstens versuchen solltest, eine Antwort zu geben, und dass sie zweitens wahrscheinlich falsch sein wird. Anders geht es nicht. Versuch zu verstehen, dass es anders nicht geht. Ihr werdet euch immer ein Rätsel bleiben.«

Er warf noch ein paar Plastikflaschen in den dafür vorhandenen Behälter und lauschte ihrem Ploppen und Kullern im Containerinneren nach.

»Hör zu!«, sagte er. »Ich war jung, als der Urknall passierte, und ich habe, ehrlich gesagt, an euch gar nicht gedacht. Ich dachte an das Universum, seine Schönheit, an Planeten und Zwergplaneten, transneptunische Objekte und schweifende Kometen, schwarze Löcher und Einschlagkrater, sterbende Sonnen und gewaltige Explosionen, diesen ganzen Riesenzauber. Ihr seid danach irgendwie, wie soll ich sagen?, ihr seid mir unterlaufen, viel später. Ihr haltet euch für die Hauptsache, aber in Wahrheit seid ihr nicht mal ein Nebenprodukt. Ich verstehe, nachdem ich jetzt hier bin, was ich gar nicht gewusst hatte: dass ihr euch selbst für das Zentrum haltet. Für sehr, sehr wichtig jedenfalls. Bloß: Wenn es ein bisschen anders gelaufen wäre, dann würden heute sehr intelligente Kraken die Welt beherrschen, oder es hätten Delfine oder Schweine auf zwei Beinen die Macht, und ihr wärt gar nicht da, im besten Fall. Im schlechteren würden die Kraken euch mit Petersilie und Öl als Salat zu Mittag essen. Und ich sage dir: Eines Tages werdet ihr weg sein, aber die Welt wird es immer noch geben.«

Er machte eine Pause.

»Um deine Frage zu beantworten: Ihr seid im Prinzip vollkommen grundlos hier. Auch wenn es euch nicht passt.«

Er schwieg wieder.

»Aber es gab eine Überraschung für mich: dass ihr einerseits hier quasi versehentlich seid, und dass ihr aber so vieles geschaffen habt, an das ich nie dachte, dass ihr euch in so vielem die

Welt angeeignet und dem Sinnlosen Sinn zu geben in der Lage wart, Respekt! Und es rührt mich auch. Es rührt mich, wie dich vielleicht deine Kinder rühren, wenn sie etwas tun, womit du nie gerechnet hattest, das du nicht von ihnen erwartet hattest, ja, ihnen nicht einmal zutrautest.«

Was er ausgerechnet hier mache, im Viertel, fragte ich.

Das sei eben diese Seite, sagte er. Das großartige Leben, die Zivilisation, die Toleranz, die Kultur. Die kühlen Getränke. Er habe es nicht mehr ausgehalten draußen, er sei quasi hierher geflüchtet, rief er, nun lauter, und warf mit rudernden Armen beinahe seine Tasse um. Er sei ein Universumsflüchtling. Das Alleinsein. Die Ewigkeit. Die Weite. Dieses haltlose Herumschweben. Das könne sich kein Mensch vorstellen. Ob ich wisse, wie langweilig die Unendlichkeit sei? Natürlich wisse ich es nicht, ich könne es nicht wissen. Ob ich eine Ahnung hätte, wie fürchterlich es sei, den ganzen Tag Sphärenklänge zu hören, verdammte Scheißsphärenklänge!

»Schreien Sie nicht so!«, flüsterte ich. »Die Leute schauen schon!«

»Sollen sie, sollen sie!«, rief er, wurde aber leiser. Er wisse es nämlich, sagte er nun ruhiger, und er habe mehr als eine Ahnung von alledem, ihm sei seine eigene Unsterblichkeit zuwider, und er habe uns, weil das so sei, seit langer Zeit beneidet. Seine eigene Schöpfung habe er beneidet, das müsse man sich mal vorstellen!

Und deshalb sei er hier, weil er endlich einmal etwas haben wolle von dem, was er selbst geschöpft habe, ja, so drückte er sich aus, »geschöpft«, sagte er und fügte hinzu: Endlich sei er hier!

»Blöder Zeitpunkt«, sagte ich.

»Kannst du laut sagen«, sagte er. »Andererseits: Wann hätte es je einen unblöden Zeitpunkt gegeben?! Jede Sekunde findet irgendwo auf der Welt irgendein unerträglicher Scheiß statt, das ist so seit Tausenden und Abertausenden von Jahren. Macht mich fertig, ehrlich gesagt. Aber erstens bin ich schuld an allem, letztlich, zweitens kann ich euch nicht helfen. Echt nicht. Ihr müsst euch selbst helfen. Könnt ihr auch. Werdet ihr.«

»Gott ist mit uns!«, sagte ich.

»Mach keine Witze!«, flüsterte er.

Ich dachte, als ich nach Hause ging, lange über das nach, was er gesagt hatte. War es möglich, dass er hier war, weil er Trost brauchte? Darauf kommt man ja nicht so leicht, wenn man an Gott denkt, denn Milliarden von Menschen suchen Tag für Tag Trost bei etwas, das sie für Gott halten. Wer hat da den Gedanken, dass es Gott ist, der getröstet werden muss, weil er schließlich weiß, dass er der Zentralverantwortliche ist für all das Unheil, das sich immer von Neuem über die Welt ergießt?

War es wirklich so?

Übrigens erzählte ich von alledem zu Hause nichts. Aus irgendeinem Grunde hatte ich das Gefühl, man würde mir nicht glauben, weder Frau noch Kinder: Keiner fragte ja auch weiter danach. Aber ich freute mich an meiner Familie, wie ich es noch selten getan hatte, ich lachte mit den Kindern, ich umarmte
meine Frau, und nachts, wenn die Kinder schliefen und meine Frau auch, trank ich ein Bier in der Küche und ließ dabei den Büro-Elefanten kleine Kunststücke üben und mit seinem Rüssel die große Küchenschublade mit den Lebensmitteln aufräumen, was er mit großem Eifer erledigte.

Mit meinem Büro-Elefanten war es ja so (nicht, dass ich noch vergesse, es zu erzählen): Er war vor Jahren im Büro einfach vor meinem inneren Auge erschienen, und als ich rief: »Verschwinde vor meinem inneren Auge, ich muss mich konzentrieren!«, da verschwand er auch wirklich vor meinem inneren Auge und erschien vor meinen beiden äußeren Augen, *das heißt, er war plötzlich da*, der Büro-Elefant, und ging nicht mehr weg. Weil ich ihn mochte, behielt ich ihn bei mir. Ich brachte ihm bei, mir einen Kaffeelöffel aus der Büroküche zu bringen, wenn ich am Schreibtisch einen für meinen Kaffee brauchte, und klingelte es an der Tür, öffnete er sie, sodass ich nicht aufstehen musste.

Als ich den Kindern erzählte, ich hätte nun einen Büro-Elefanten, waren sie begeistert und baten mich, ihnen Geschichten von ihm zum Einschlafen zu erzählen.

Ich rief: »Erzählen, erzählen … ! Warum soll ich es euch erzählen?! Da steht er doch, seht ihr ihn nicht?!«

Und sie lachten und freuten sich und riefen: »Da steht er nicht! Es gibt doch in Wirklichkeit gar keine Büro-Elefanten!«

Sie schienen ihn auch tatsächlich nicht zu sehen, und also erzählte ich ihnen Abend für Abend Büro-Elefanten-Geschichten, während der Büro-Elefant selbst neben dem Bett ein Nickerchen machte, und ich dachte: »Es sind ja noch Kinder, sie wissen nichts von der Wirklichkeit und von den Büro-Elefanten, lassen wir es dabei, lassen wir es bei den Geschichten. Die Wirklichkeit lernen sie noch früh genug kennen!«

Ja, und morgens, wenn man mich fragte, warum die Küche so überzeugend sorgfältig aufgeräumt sei, sagte ich, das hätte ich getan, im Schlaf hätte ich es getan, jetzt, da man mich darauf anspreche, falle es mir wieder ein, es sei wie ein Traum gewesen, aber anscheinend tatsächlich passiert: Und man umarmte mich, und alle lachten, und meine Frau fragte, ob ich in der kommenden Nacht vielleicht im Keller schlafen möge, dort sei auch allerhand zu tun.

Es waren schöne Tage. Hier, bei meiner Familie, waren es schöne Tage.

Aber in puncto *Die Tage, die ich mit Gott verbrachte* ging es nun richtig zur Sache.

»Sie sind doch nicht wegen solcher Späße gekommen«, sagte ich zu ihm, als er wieder einmal die Feldherrnhallenlöwen springen ließ. »Sie sind nicht hier, um mir kleine Regenwolken und rauchende Schlangen und traurige Männer in Schubladen zu zeigen. Das sind Sie nicht, oder?«

Gott blieb stehen.

»Aber du magst solche Sachen schon, oder?«, sagte er leise. »Ich meine, du hast einen Büro-Elefanten, das zeigt doch, dass du diese Art von Spielereien liebst …«

Ich sagte: »Wir spielen ein Spiel, haben Sie gesagt, nicht wahr? Aber wenn das hier nun unser Spiel ist: Das ist mir zu wenig, ich meine, wenn wir schon mal miteinander zu tun haben … Dass Sie schöne Kunststückchen können, haben Sie mir schon gezeigt, ich weiß es jetzt. Sie müssen hier keine Schau mehr abziehen. Es geht doch um etwas anderes, nicht wahr?«

Er murmelte: »Es ist vielleicht, weil ich so lange allein war, mehr als zwanzig Milliarden Jahre allein. Man verliert ein bisschen das Gefühl, für – andere …«

»Es ist so beliebig, was Sie da tun«, sagte ich. »Es ist so egal, ob Sie Löwen springen lassen, es bedeutet nichts. Es ist hübsch vielleicht, surreal, man kann sich in solchen Bildern verlieren, wenn man will. Aber will man? Sie müssen doch mehr zu sagen haben!«

Ja, sagte Gott, das habe er, und ich würde schon noch sehen.

Es kam dieser Sommertag, an dem wir auf den Felsterrassen an der Isar saßen und kleine Steine in den eilig strömenden Fluss warfen, das heißt, wir warfen nicht kleine Steine. Gott hatte winzige, kieselgroße Sternschnuppen mitgebracht, wie er sie schon einmal benutzt hatte, eines Nachts, als er mich wecken wollte, um mit mir einen Mitternachtsspaziergang zu machen. Er hatte diese Sternschnuppen an mein Schlafzimmerfenster geworfen, wie andere es in anderen Fällen mit kleinen Steinen tun, um jemanden wach zu kriegen. Aber ich war nicht wach geworden. Am nächsten Morgen jedoch hatte ich beim Zeitungholen draußen unter dem Fenster diesen Haufen kleiner Sternschnuppen gefunden und hatte sie eingesteckt, weil ich mir ja denken konnte, von wem sie stammten.

Als ich Gott später traf, sprach er mich auf meinen gesunden Schlaf an.

»Nächstes Mal werfe ich mit dem Mond die Scheibe ein!«, sagte er. »Es war so eine herrlich klare Nacht! Schade, dass du sie verpasst hast.«

Jetzt streuten wir lässig die kleinen Schnuppen wie Kieselsteine in die Isar. An einer flachen Stelle badete der Büro-Elefant und sprühte sich mit dem Rüssel prustend Wasser auf den Rücken.

Lachend erzählte mir Gott, er habe mehr als sechs Milliarden Jahre gebraucht, bis er sich zum Urknall entschließen konnte. Immer sei ihm noch etwas eingefallen für seine Welt, dies noch und jenes noch und dann wieder dieses. Aber eines Tages, sehr plötzlich, da habe er das Gefühl gehabt: Nun müsse es losgehen! Jetzt! Und er habe urgeknallt.

»Oder sagt man: geurknallt?«, fragte er.

Na egal.

»Was für eine Grübelei!«, rief er. »Und dann das hier!«

Er machte eine vage Armbewegung, die Brücke des Mittleren Rings über das Wasser umfassend, den Autostau auf der Brücke, das tote Holz, das sich an der Insel hundert Meter weiter verfangen hatte, und die eifrigen Jogger zu unserer Linken.

»Die Sache ist mir irgendwann entglitten«, sagte er. »Ich habe mich in Details verstrickt. Und als ich gar nicht mehr weiterwusste, habe ich mir die Evolution ausgedacht. Das war ein guter Weg, die Dinge einfach sich selbst zu überlassen. Ich wollte, dass die Sache von selbst läuft. Und das tut sie ja auch.«

Er kratzte mit einem Ast, den er aufgehoben hatte, im sandigen Boden. Dann stand er auf.

»Ich will dir etwas zeigen.«

Wir gingen von der Isar weg, Richtung Rosengarten. Dort befindet sich eine Gärtnerei mit vielen Gewächshäusern. In einer Ecke steht ein besonders altes, das jetzt leer zu sein schien, nein: Es war doch nicht leer. Ein unbestimmter Schatten huschte darin umher, nicht weiter erkennbar hinter dem milchigen und schmutzigen Glas der Scheiben.

Niemand sonst war da, kein Gärtner, kein Spaziergänger, kein Jogger.

Vor der Tür blieben wir stehen.

»Lass ihn draußen, bitte!«, sagte Gott und zeigte auf den Büro-Elefanten. Ich nahm die Leine und band das Tier an einen kleinen Baum. Müde vom Baden legte es sich sofort auf die Seite und schlief ein.

»Nimm den Schmetterling, zum Beispiel«, fuhr Gott dann fort. »Der Schmetterling ist ein schönes Tier, und ich wollte immer etwas Schönes schaffen, ehrlich, ich glaube, wenn man die Welt verstehen will, muss man das begreifen: Sie sollte etwas Schönes sein! Denk an die Symmetrie, die du überall findest.

Denk an im Wind wogendes Präriegras, den schimmernden Perlmutt eines Nautilus-Gehäuses, eine sich am Strand überschlagende Ozeanwelle oder an die Blüte einer Rose. Denk daran, dass Schimpansen, die vor einem Wasserfall sitzen, offensichtlich genauso schweigend ergriffen sind wie Menschen. Denk immer an das, was ich wollte, wenn du etwas siehst, das du als schön empfindest.«

Er holte tief Luft.

»Haben Sie den Schmetterling persönlich geschaffen?«, fragte ich. »Ich meine, wie muss man sich das vorstellen? Sie sitzen am Reißbrett, Schmetterlingsentwürfe zeichnend?«

»Nein, ja, nun, genau so vielleicht nicht. Ich habe mich immer eher mit dem Grundsätzlichen beschäftigt, verstehst du?«

Ich verstand.

»Aber dann hatte ich den Gedanken, das Schöne, das der Schmetterling – sagen wir jetzt einfach mal – doch vielleicht repräsentiert, wäre vielleicht noch viel schöner, wenn es bedroht wäre. Wenn es also etwas richtig Fieses gäbe, etwas, das uns durch seine schiere Existenz erst deutlich macht, was Schönheit *wirklich* bedeutet.«

Er seufzte.

»Habe ich dir das nicht schon mal erzählt? Jedenfalls angedeutet? Ja, habe ich.«

Er seufzte wieder.

»Das war doch nicht blöd, oder?!«, rief er plötzlich. »Dass das Schöne erst wirkt, wenn man weiß, dass es nicht selbstverständlich ist. Sondern in Gefahr!«

Er seufzte wieder.

»Jedenfalls schuf ich die Wespe. Also nicht die einzelne Wespe jetzt, weißt du ja, es gibt zig Arten. Ich schuf *das Böse*.«

Er drückte die Klinke der Tür und öffnete sie langsam.

»Ich zeige dir das jetzt mal in Übergröße, dann verstehst du es vielleicht besser. Erschrick nicht!«

Das Scharnier knirschte leise.

Nun sahen wir es: eine gigantische Wespe (sicher zwei Meter lang), im Boden grabend. Ich wich zurück, aber Gott zog mich voran in die brütend-schwüle Hitze des Gewächshauses, das vollkommen leer war, bis auf diese Wespe eben, die Sand und Erde mit ihren Vorderbeinen hastig bearbeitete, während ihr Hinterteil nervös zitterte. Das monströse Tier beachtete uns nicht im Geringsten.

Es war nur wenig zu hören, ein Rascheln bisweilen, auch eine Art leises, nicht lokalisierbares Stöhnen hing in dem umglasten Raum.

Die Wespe grub tiefer und tiefer. Ich drückte mich an das Glas direkt neben der Tür, bereit, jederzeit aus dem Haus herauszuspringen. Aber Gott war ganz ruhig.

In dem Loch, das entstanden war, wurde ein weicher, graurosafarbener, länglicher Körper sichtbar, viel größer noch als die Wespe, vielleicht drei, gar vier Meter lang. Die Wespe wurde hektischer, der Körper im Loch zuckte und wand sich. Er war der Länge nach in Segmente unterteilt: eine Raupe, die zu fliehen versuchte – ein lächerliches Unterfangen, angesichts ihrer Unbeholfenheit und angesichts des viel kleineren, aber geschickt und zügig arbeitenden Gegners, der über ihr hockte und mit den Beinen nun die letzten Teile der Raupe von Erde frei fegte und das zuckende Tier im Nacken packte.

»Weißt du, was Wespen mit Raupen von Schmetterlingen tun?«, fragte Gott. »Sie machen sie bewegungsunfähig, sie töten sie nicht, sie lähmen sie nur mit Stichen von chirurgischer Präzision.«

Wir starrten auf das sich uns bietende Bild.

Die Wespe saß auf dem Rücken der Riesenraupe, sie krümmte ihren Hinterkörper, dann stieß sie – langsam, wie ein geübter Arzt Spritzen setzt – ihren Stachel in den Raupenleib, dort, wo ein Ring dieses Körpers vom anderen getrennt war. Kaum hatte sie das getan, rückte sie ein wenig vor, zum nächsten Segment. Wieder stieß sie den Stachel vor, und so kam jeder Ring der Raupe dran, vom ersten bis zum letzten, einer nach dem anderen. Keiner wurde ausgelassen, immer wieder sahen wir den schwarzen Stachel aus dem Hinterleib der Wespe blitzschnell ins Raupenfleisch dringen.

»Warum tut die Wespe das?«, sagte Gott und gab nach einer kurzen Pause selbst die Antwort: »Damit sie ihre Eier auf der Raupe ablegen kann und der Wespennachwuchs nach dem Schlüpfen frisches Fleisch vorfindet. Verstehst du? Die Wespenkinder fressen ein lebendes Wesen langsam auf! Wobei sie die inneren Organe erst mal verschonen, denn fräßen sie diese, würde das Tier vor der Zeit sterben, und es gäbe nichts mehr zu essen.«

»Naturschützer sind oft ganz begeistert von den Wespen«, sagte ich. »Sie bestäuben Blüten und halten andere Insektenarten in Schach, die sich sonst übermäßig ausbreiten würden.«

»Das stimmt ja auch. Jedes Tier spielt seine Rolle, auch die Wespe. Und natürlich will sie auch nur fressen. Sie muss sich ernähren. Vor allem will sie ihre Kinder ernähren, schützen, für sie sorgen.«

Er machte eine Pause.

»Aber so?«

Er schwieg wieder.

»Du hast gesehen, was geschah.«

Er machte wieder eine Pause.

»Die Wespe ist nicht böse. Aber was sie tut, ist trotzdem das Böse. Es schafft Leid. Und vielleicht hätte man eine andere Welt schaffen können, eine ganz andere, ohne das alles, ohne Fressen, Gefressenwerden …«

Er dachte wieder nach.

»Aber das ist ja noch längst nicht das Schlimmste. Denn natürlich ist kein Wesen sinnlos böse wie der Mensch, besser: wie manche Menschen es sind, wie also der Mensch *sein kann*. Ist es nicht zum Beispiel verrückt, dass es dieses Wort ›unmenschlich‹ überhaupt gibt?! Der Mensch ist das einzige Wesen, das zum Unmenschlichen fähig ist! Zur völlig nutzlosen Grausamkeit. Dagegen ist die Wespe, wie soll ich sagen? Menschlich?«

Er lachte auf.

»Wer ist dafür verantwortlich?! Ja, ja: ich. Aber ich konnte mich der Faszination meiner eigenen Arbeit nicht entziehen, denn das, was du gesehen hast, ist ja faszinierend, oder? Darauf muss man ja mal kommen: Was die Wespe tut, ist sehr ausgefeilt – und gemein, nicht wahr? Andererseits gehorcht sie nur einem Instinkt. Und den hat sie von mir, also nicht direkt, aber ganz grundsätzlich. Ich hätte das nicht machen sollen. Ich hätte so vieles nicht machen sollen. Ich hätte das so nicht schaffen sollen. Aber mir gefiel meine Macht. Mein Spiel. Ich war berauscht von mir selbst, ja, genau, so war es. So war ich. Selbstbesoffen.«

In seinem Gesicht hing Ekel wie ein Putzlumpen über einer Spüle.

Wir gingen hinaus und zurück Richtung Isarauen. Vor uns lag der Fluss, davor dehnten sich die breiten Wiesen. Ich hatte den Büro-Elefanten an der Leine und hörte, wie er leise seufzte.

Gott sagte: »Das kannst du doch alles nicht verstehen. Niemand kann es verstehen. Niemand weiß, was es bedeutet, Gott oder jedenfalls Weltenerschaffer zu sein. Manchmal war ich wie von Sinnen in jenen lang vergangenen Zeiten. Manchmal weiß ich selbst nicht mehr, welcher Teufel mich geritten hat.«

Er schwieg.

Gott war echt fertig. Und der Tag, an dem dies geschah, und der Moment, in dem wir hier standen, bitte, ja, das war der Tag, *an dem*, und das war der Moment, *in dem* ich in meiner Hilflosigkeit stumm meine Hand auf seine Schulter legte.

Ehrlich, ich habe eine ganze Weile gebraucht, um mit dieser Sache fertig zu werden; ganz ist es mir sowieso nie gelungen. In einer Nacht danach schreckte ich hoch, von einem Albtraum gepeinigt, in dem kleine wilde Insekten über mich herfielen und ihre schwarzen Stachel in mir versenkten. Ich versuchte zu fliehen, aber ich war an die Uhr meines Vaters gekettet. Diese Uhr war plötzlich gigantisch groß, so hoch wie die Decke meines Büros, und ich war an sie gefesselt, musste die Stachelstiche erdulden, und statt mich zu wehren, statt wenigstens nach den Insekten zu schlagen, drehte ich mich nur umständlich in den Fesseln, nahm mit den aneinandergebundenen Händen einen riesigen Uhrenschlüssel, der neben mir lag, und zog die Uhr auf, ja, tatsächlich, langsam, immer wieder von den Fesseln gehindert, drehte ich den Schlüssel in seinem Loch, die Uhr tickte und tickte und tickte, und ich schrie im Schlaf mit schriller Stimme: »Lass dieses Geticke! Lass mich endlich los!«

Und meine Frau schreckte, von mir geweckt, aus ihren eigenen Träumen neben mir hoch.

Ich saß aufrecht neben ihr, der Pyjama von Schweiß durchtränkt. Entsetzt fragte sie mich, was denn mit mir los sei. Aber ich murmelte nur undeutlich etwas von Albdrücken, an das ich mich nicht erinnerte.

Die Wahrheit konnte ich ihr nicht erzählen. Wie hätte ich ihr beibringen sollen, dass ein Trost suchender Gott sich bei mir ausgeheult und mir seine Verzweiflung über seine eigenen Fehler mit einer gigantischen cinemaskopischen Vorführung illustriert hatte?

Erst in ihrer Umarmung fand ich langsam zur Ruhe.

Am nächsten Morgen saß ich wieder im Büro, pflichtbewusst (denn meine Arbeit musste ja getan werden), aber mit müden Augen, die mich so schmerzten, dass ich mich schließlich aufs Sofa legte, den Büro-Elefanten neben mir, der mir mit seinem Rüssel die Augenlider bedeckte, ein probates Mittel gegen Augenschmerzen.

Und natürlich klingelte es wieder, und natürlich stand wieder Gott vor der Tür.

»Ich befürchte …«, sagte er.

» … Sie haben mich überfordert«, sagte ich.

Es war ein seltsames Gefühl, wie er da nun vor mir stand. Denn einerseits handelte es sich um Gott. Andererseits merkte man ihm sehr deutlich an, dass er echt von der Rolle war, wenn ich das mal so sagen darf.

Wer bin ich, dass ich einem Trost suchenden Gott die Tür weisen würde? Obwohl mir mittlerweile danach zumute war. Wiederum auf der anderen Seite: War es nicht ein schönes Gefühl gewesen, ihm die Hand auf die Schulter zu legen? War das nicht schön gewesen: Gott zu trösten?

Jetzt fummelte er wieder an der Uhr meines Vaters herum.

»Vielleicht dachte er auch«, sagte er (meinen Vater meinend) und drehte die Uhr in seinen Händen, »dass die Zeit stehen bleibt, wenn er die Uhr nicht aufzieht? Und dass alles oder wenigstens doch seine eigene Zeit zu Ende ist, wenn sie stehen bleibt, die Uhr? Vielleicht war es einfach so, dass er Abend für Abend sozusagen sich selbst aufzog? Eine magische Handlung am eigenen Leben. Zauber. Voodoo.«

»Und jetzt steht die Uhr«, sagte ich. »Mein Vater hatte ein ruhiges Beamtenleben, Jahre und Jahrzehnte zwischen Büro an den Wochentagen und Rasenmähen an den Wochenenden, immer dasselbe Büro und immer derselbe Rasen, und doch sagte er oft, er wolle endlich seine Ruhe, er wolle Ruhe, Ruhe, Ruhe. Ist das nicht kümmerlich?«

Er sah mich lange an.

»Kümmerlich?«, sagte er. »Jeder sucht sich seinen Weg, um am Leben zu bleiben. Und manchmal gibt es eben nicht die besten Wege. Aber wenigstens sind es Wege.«

Er stellte die Uhr weg.

»Was hast du heute noch hier zu tun?«, fragte er.

»Eine Menge«, sagte ich. »Aber so müde, wie ich heute bin, wird das sowieso nichts.«

»Dann lass uns ein paar Schritte gehen!«

»Hoffentlich nicht zu so was wie den Wespen!«

»Nein, nein, ich will dir noch etwas anderes zeigen.«

»O Gott!«

Wir gingen die Isar aufwärts, kamen an der Müllverbrennungsanlage vorbei und dorthin, wo ein kleiner Fußgängertunnel die Unterquerung des Mittleren Rings ermöglicht.

Wir betraten den Tunnel, der eigentlich nach dreißig Metern wieder beendet ist. Aber an diesem Tag war er nicht beendet. Er führte uns weiter und weiter und weiter, und dann endete er, der Tunnel, nicht in den Parkanlagen auf der anderen Ringseite, sondern er führte durch eine breite offene Schiebetür in einen riesigen Raum, der aussah, als sei er einmal ein Trambahndepot gewesen. Denn unter großen, sehr hohen und nun geschlossenen Eisentoren führten Schienen in diese Halle hinein. Doch war der Raum trichterförmig, er begann an der Seite mit den Toren sehr breit und wurde am Ende eng und enger, bis er an seiner Stirnseite vielleicht nur noch eine Mauer von zehn Metern Breite als abschließende Wand hatte.

Und an diese Mauer hin führten alle Schienen, die durch die Tore hereinkamen, sie vereinten sich mithilfe von Weichen. Vor der Mauer gab es nur noch ein einziges Schienenpaar; es endete an einem Prellbock mit zwei roten Pufferscheiben, die wie ein Paar übermüdeter runder Augen in den Saal starrten.

Das ganze Gebäude war aus roten Backsteinen aufgemauert. Durch hohe schmale Fenster, deren Glas im Laufe von Jahren und Jahrzehnten des Ungeputztseins fast zu einer Art Milchglas geworden war, drang nur ein staubiges Licht, das ich aber nichtsdestoweniger als sehr stark und kräftig empfand. Denn ein Licht, das ein solches Hindernis überwunden hatte, musste, so fand ich, sehr stark und kräftig sein.

Hinter dem Prellbock war, vor der Wand, etwas wie ein Seestern zu erkennen, aber mit sehr kurzen Armen, bestimmt zehn Meter hoch. Eigentlich sah es aus wie ein riesiges knuffiges Kissen, mit einer mondartigen blassgelben Oberfläche aus lauter Kratern, Falten und Schrunden.

»Was ist das?«

»Es ist Das Große Egal.«

Wir gingen dorthin, und ich stellte fest, dass dieses Ding sich leicht bewegte. Der ganze Körper dehnte sich ein wenig aus, zog sich dann wieder zusammen, dehnte sich aus, zog sich zusammen, ganz langsam, immer gleich, eine kaum wahrnehmbare Bewegung, die sich nie veränderte, wie ein regelmäßiges ruhiges Atmen.

Wir standen nun direkt vor Dem Großen Egal.

Ich streckte vorsichtig eine Hand aus und berührte es. Die Haut fühlte sich an wie die des Büro-Elefanten, fest, dick und weich. Sie ließ sich leicht eindrücken. Aber als ich losließ, verschwand der Eindruck meiner Hand in der Haut sofort wieder.

Und dann hörte ich es.

Ein dumpfes Brummen, einen tiefen Bass, der etwas sagte.

»Eeeeegaaaaal …«

»Macht es das nur, wenn ich es berühre?«

»Nein«, sagte Gott. »Aber es tut das auch nicht regelmäßig. Manchmal sagt es das alle drei Minuten, dann wieder tagelang nicht. Es würde nicht zu ihm passen, wenn es das nur bei Berührung sagt oder regelmäßig. Es ist Das Große Egal, und deswegen ist es auch egal, wann es ›Eeeeegaaaaal …‹ sagt.«

Das Große Egal sprach wieder.

»Eeeeegaaaaal …«

Und jetzt spürte ich, wie dieses »Eeeeegaaaaal …« mich durchfuhr, wie es den Boden und die Wände durchdrang, wie es alles, das Mauerwerk, die Luft, das Glas, mich und wahrscheinlich auch Gott für einen kurzen Moment komplett erfüllte.

Und dann wieder verschwand.

»Auch wenn es dir vielleicht nicht so vorkommt«, sagte Gott, »wir sind hier im Zentrum der Welt.«

»Wie meinen Sie das?«

»Der Kern der Welt ist die Gleichgültigkeit. Egal, was du tust, egal, was irgendjemand tut, egal, ob du lebst, egal, ob du stirbst, egal, ob die Meeresspiegel steigen und ganze Länder unter Wasser setzen, egal, ob die ganze Menschheit ausgelöscht wird – die Welt dreht sich weiter. Es gibt nichts, das Dem Großen Egal nicht vollkommen wurscht wäre.«

»Ist Ihnen damals kein besseres Weltprinzip eingefallen?«

»Nein. Wahrscheinlich bin ich deswegen jetzt erst hier. Ich hatte früher einfach Angst, mir das alles anzusehen. Es mir vor Augen zu führen. Aber irgendein Prinzip musste die Welt haben.«

»Und warum dieses?«

»Warum nicht?«

Er sah mich lange sehr ernst an.

Mich packte unversehens eine gewaltige Wut.

»Warum schaffen Sie etwas, nur damit es dann egal ist!?«, rief ich.

Ich dachte an meinen Vater, tot über dem Lenkrad seines Autos zusammengesackt, ohne mit mir noch einmal reden zu können, ohne dass ich überhaupt je einmal richtig mit ihm hatte reden können.

»Eeeeegaaaaal ...«

Ich dachte an meine Mutter, die viel zu jung war, als sie starb, an ihr letztes, vom Seelengrund gekommenes Aufstöhnen im Tod.

»Eeeeegaaaaal ...«

Ich dachte an mein Glück, als meine Kinder geboren wurden und ich dieses Gefühl hatte, eins zu sein mit dem Leben und der Welt.

»Eeeeegaaaaal ...«

Ich griff in meine Jackentasche.

Diese Wut!

Ich zog das Taschenmesser heraus, das ich am Schlüsselbund immer bei mir habe, klappte es auf, stellte mich vor Das Große Egal und stach hinein.

»Und das hier!«, schrie ich. »Auch egal?«

Die Messerklinge verschwand in der schrundigen Egalhaut. Es war überhaupt kein Widerstand zu spüren, sogar ein Teil des roten Klappmesserkörpers versank noch im Großen Egal, ja, mir war, als wäre selbst ein Stück meiner Hand mit hineingedrungen, ohne dass ich etwas gespürt, irgendein Gefühl an dieser Hand oder auf dieser Hand gehabt hätte.

»Egal, ja? Ganz egal?«

Aber sogleich kam meine Hand samt Messer wieder heraus, ohne dass ich eine entsprechende Bewegung des Zurückziehens gemacht oder einen Druck gefühlt hätte – sie war einfach wieder draußen und am Großen Egal war nichts zu sehen, keine Wunde, keine Narbe, kein Ritz.

Nichts.

Ich stach erneut zu.

»Egal, oder?!«, brüllte ich, wieder und wieder zustechend, von der Wut überwältigt. »Egal und egal und egal und egal!«

Wie von Sinnen hieb ich Mal um Mal auf Das Große Egal ein und in es hinein. Aber es war immer das Gleiche: Schon eine Sekunde später war es, als wäre nichts geschehen, keine Spur am Messer, kein Gefühl an meiner Hand außer des Handgefühls, das ich auch vorher schon gehabt hatte, ja, ich verspürte nicht einmal eine Anstrengung, und es war nichts zu sehen am Großen Egal.

Ich starrte es fassungslos an.

»Genug?«, fragte Gott.

Ich drehte mich um und ging, die Schultern hängend, die Schienen entlang zu den großen Hallentoren.

»Und bedenke, dass alles Schöne und Große, das Menschen getan und geschaffen haben, nur geschehen ist, weil es Das Große Egal gibt!«, rief Gott laut hinter mir. »Weil sie wollten, dass irgendetwas von ihnen in der Welt bleibt, weil sie eine Spur von sich selbst hinterlassen wollten, weil sie wollten, dass man sieht: Sie waren da. Weil sie wollten, dass sie eben nicht egal sind.«

»Aber sie sind es.«

»Aber sie wollten es eben nicht sein! Das ist doch das Entscheidende. Irgendwie muss man den Willen der Menschen wecken. So dachte ich jedenfalls.«

»Übrigens ist auch alles Widerwärtige und Abstoßende geschehen und geschieht immer aufs Neue und wird immer wieder geschehen, weil Menschen eine Spur hinterlassen wollten und wollen und wollen werden, oder?«, rief ich. »Und es gibt eben nur Das Große Egal, kein kleines Egal. Es gibt den Schmerz und das Blut und das Leid und …«

»Und es ist nicht nur der Wille, der geweckt wird«, sagte Gott, mich unterbrechend. »Denn aus dem Willen folgt die Tat, es folgt das Gute und das Schöne, es folgt der David von Michelangelo, es folgten Tintorettos Bilder in der Scuola Grande di San Rocco in Venedig und Tizians *Mariä Himmelfahrt* in der Frari-Kirche nebenan, es folgt, dass ein Mensch sich nicht begnügt mit einem Wespenleben, dass er sein eigener Schöpfer wird, es folgen die Menschen, die ihr Leben geben im Kampf gegen Terror und Diktatur. Es folgt aber auch die böse Tat ...«

Das dumpfe Brummen fiel ihm ins Wort.

»Eeeeegaaaaal ...«

Ich schob eines der Hallentore auf. Es quietschte in den Schienen, in denen es oben und unten geführt wurde, und öffnete sich nur einen schmalen Spalt. Wir standen in der Sonne und blinzelten.

»Wenn Sie mich fragen, dann sage ich Ihnen ...«, sagte ich.

»Ich frage dich lieber nicht.«

»Wenn Sie mich nicht fragen, dann sage ich Ihnen trotzdem: Was für eine Scheißidee! Eine junge Frau beschließt, vor einem Treffen mit ihrem neuen Freund noch einen Kaffee in einer Bar zu trinken, ein Killer kommt herein, ein gehirngewaschener Zombie, erschießt sie, im Namen eines Gottes, den es nicht gibt, der nur in seinem Hirn haust, wie ein Parasit im Kopf einer Garnele wohnt, die er von innen aufgefressen hat, um sie dorthin zu steuern, wo er seine Eier legen will. Eeeeegaaaaal! Aber es könnte auch sein, dass dieselbe junge Frau auf dem Weg zur Bar einen Anruf bekommt, sie bleibt auf der Straße stehen, um zu telefonieren – und wird deshalb nicht erschossen. Aus Zufall! Aus reiner Beliebigkeit! Eeeeegaaaaal! So geschieht es jeden Tag und jede Woche und immer wieder. Wie kann man eine Welt schaffen, deren Kern die Gleichgültigkeit ist!?«

»Weil ich nicht einzelne Menschen geschaffen habe, sondern nur das Leben. Jeder Einzelne von euch verschwindet, aber das Leben bleibt.«

»Finde ich persönlich keine tolle Idee.«

»Ich ja auch nicht. Aber es war nun mal meine. Finde dich damit ab.«

»Sind Sie gekommen, um mir das zu sagen?«

»Nein.«

Er schwieg für einen Augenblick.

Dann sagte er: »Ich weiß es selbst. Es war eine Idiotie, das menschliche Leben sich so entwickeln zu lassen, wie ich es getan habe, mit der Geburt beginnend und dann zu immer größerer Anhäufung von Wissen, Können, Gefühl zu führen, bisweilen zu unerhörter Zartheit, unbegreiflicher Fähigkeit, größtem Witz – und dann einfach brutal auszulöschen.«

Er senkte den Kopf und schüttelte ihn.

»Das ist ja noch der beste Fall!«, rief ich. »Die meisten bekommen nicht mal diese Chance! Sie sterben, bevor sie irgendwas erreichen konnten! Oder verstehen, geschweige denn: in einer Tat manifestieren!«

»Es ist, wie es ist«, sagte er. »Begreif es einfach! Nimm es hin. Und verstehe, was Das Große Egal auch tut: Es gibt dir Freiheit, die Freiheit der Entscheidung, die Freiheit, keine Grenzen zu akzeptieren, wenn man sich einmal für diese Freiheit entschieden hat. Jeder von euch ist nur ein Moment des Lebens, ein kleiner oder ein großer, jeder hat nur diesen Moment, also schnapp ihn dir! Nimm es nicht einfach hin, das Leben, lass es nicht bloß verstreichen, überlass es nicht anderen, tu damit, was du kannst und was du willst. Mehr kannst du nicht tun. Also tu's!«

»Wenn Sie das sagen …«

»Eigentlich hättest du es dir auch selbst denken können, oder?«

»Woher sollte ich wissen, dass Gott unvollkommen ist? Man hört überall das Gegenteil.«

»Das ist nicht alles, was du wissen sollst.«

»Was noch?«

Er zögerte.

Dann sagte er leise: »Dass es mir leidtut, alle diese Fehler … Sie tun mir leid.«

Plötzlich hastig und nun wieder lauter sagte er: »Ich muss noch abschließen. Nicht dass hier jemand einfach so reinstolpert.«

Mir war eine Idee gekommen, eine seltsame Idee, aber warum sie nicht ausprobieren? So schnell würde die Gelegenheit nicht wiederkommen, und hatte Gott nicht eben selbst gesagt, ich solle …?

Also tat ich's.

»Einen Moment noch!«, rief ich.

Ich ging langsam auf Das Große Egal zu.

»Eeeegaaaal …«

Ich ging weiter.

»Eeeegaaaal …«

Irgendwie klang das jetzt anders, fast ein bisschen furchtsam.

»Eeeegaaaal …«

Hektisch geradezu plötzlich.

»Eeeegaaaal …«

Spürte es, was ich vorhatte?

»Eeeegaaaal …«

Nie in der ganzen Zeit, in der wir hier in der Halle waren, hatte es so oft hintereinander gesprochen.

»Eeeegaaaal …«

Ich stand nun direkt vor ihm.

»Eeeegaaaal …«

Ich legte beide Hände auf seine Haut, direkt auf eine Stelle unter einem seiner kurzen Seestern-Arme. Ich ließ sie dort liegen, ganz ruhig und sanft.

Und es war still.

Aber nun griff ich mit den Händen zu, ich machte Krallen aus ihnen, rührte mit den Fingerspitzen in der dicken, weichen, festen Egalhaut herum.

Ich kitzelte Das Große Egal, wie ich heute Morgen meine

kleine Tochter nach dem Aufwachen gekitzelt hatte, bis sie lachte und schrie, in dieser seltsamen Mischung aus Vergnügen und Schmerz, wie sie nur Kitzeln auslöst, das immer zuerst den Ruf »Aufhören!« und dann den anderen auslöst: »Noch mal!«

Kein Mensch weiß, warum das so ist, hatte ich in der Zeitung gelesen, am Kitzeln haben sich die Forscher die Zähne ausgebissen, sie wissen nicht, warum man Kinder kitzelt und warum sie dann lachen und schreien, ob man damit Reflexe trainiert oder miteinander in Kontakt kommen will oder beides zusammen. Oder ob es einfach komplett sinnlos ist.

Alles ungeklärt. Ein großes göttliches Rätsel.

Ich kitzelte Das Große Egal.

Es passierte nichts. Zuerst. Aber dann doch. Ich merkte, wie die Egalhaut zu zittern begann, ich hörte von irgendwoher unter dieser Haut eine Art Wimmern, ich sah, wie die roten Pufferaugen sich weiteten, und darauf brach ein zuerst dröhnendes, schließlich kreischendes Lachen los, das ganze Egalding schien davon erfüllt zu sein, das Lachen drang – es gab ja keinen Mund – durch die Haut nach außen wie perlender Schweiß, der komplette Egalkörper war von Lachen bedeckt.

Das Große Egal wieherte vor Lachen.

Ich hörte auf.

Aber ich ließ meine Hände auf dem Egal liegen, vernahm dieses wohlige Aufseufzen, das manchmal dem Kitzeln folgt, und ich spürte, wie sich die Egalhaut spannte, erwartungsvoll.

Also legte ich wieder los. Für einen Moment hatte ich Das Große Egal komplett umarmt, und ich dachte, wie großartig es doch sei, ein Weltprinzip zu umarmen und durchzukitzeln. Es war wehrlos und musste wieder lachen wie eine Horde kleiner Kinder, zitterte dabei so, dass ich für einen Moment fürchtete, es würde umfallen, mich bedecken und ersticken.

Also hörte ich wieder auf.

Und legte wieder los.

Und hörte wieder auf.

Und kitzelte wieder weiter.

Bis ich dann plötzlich Schluss machte. Ich ging wieder zu Gott zurück, der an der Tür auf mich wartete. Er streckte mir die Hand entgegen, ich nahm sie, er drückte meine Hand fest, als wollte er mir gratulieren. Wir standen wieder im Sonnenlicht. Gott schloss die große Tür hinter uns, holte den riesigen rostigen Schlüssel, mit dem er aufgeschlossen hatte, aus der Jacke, steckte ihn ins Schloss, drehte ihn um und steckte ihn wieder ein.

Und wir gingen.

Eine Weile spazierten wir stumm nebeneinander her, in die Isarauen hinüber, durch ein kleines Wäldchen. Die Sonne schien, die Isarwellen glitzerten. Vor der Brücke gab es eine Welle, ein Surfer balancierte darauf, ein anderer wartete mit seinem Brett am Ufer.

Gott zeigte auf eine riesige alte Eiche. Von einem ihrer Zweige hing baumelnd in halber Höhe ein seltsames Etwas, bestimmt vier, vielleicht fünf Meter lang, eine dünne Hülle von grüngrauer Farbe, hinter der sich etwas zu verbergen schien, dem diese Hülle zu eng war, denn das Etwas befand sich in einer pulsierenden Bewegung. Die beinahe transparente, pergamentartige Hülle bewegte sich unruhig.

Wir betrachteten das Ding lange.

»Schon wieder so was Großes!«, sagte ich.

»Sonst siehst du es ja nicht. Und du sollst es sehen.«

Am unteren Ende des Dings bildete sich ein Riss, das Ganze platzte und schlitzte sich von innen auf, ein paar lange schwarze Fühler arbeiteten sich aus der entstandenen Lücke heraus, dann drückten zwei dickere schwarze Beine einen Teil der Hülle weg, strampelten und ruckelten abwärts, ein großes Krabbeln, Rütteln, Schütteln.

Ein Moment Ruhe.

Dann arbeiteten die Beine wieder, und aus dem Behältnis schob sich etwas heraus, ja, ein großes Tier stemmte sich aus dieser Schatulle nach unten. Ein Insekt verließ seine Verpuppung, wir sahen Fühler, Beine, einen länglichen Körper, daran geklebte Flügel, die noch feucht waren – eine Schlüpfarbeit, die minutenlang dauerte.

Endlich war es draußen. Ein junger Schmetterling saß in der Sonne, sich besinnend, seinen Körper trocknend, auf die Durchblutung der Flügel wartend, die Welt nach langer Starre, Enge, Dunkelheit auf sich wirken lassend. Ein riesiges Tier, fast ebenso lang wie die noch am Zweig hängende leere, fast transparente Hülle, vier Meter sicher. Langsam entfaltete es die Flügel, wedelte sie durch die Luft wie gespannte Laken – und erhob sich nach einer langen Weile in torkelndem Flug, ein Tagpfauenauge, wie wir nun erkannten, dessen Flügel von sechs, sieben Metern Spannweite unten schwarz waren, an anderen Stellen grau, dunkel marmoriert insgesamt. Der Falter stieg flatternd auf, legte sich in Kurven, drehte sich, wand sich, die neue Freiheit erprobend und genießend, ja, sich in der Luft auf den Rücken legend, weshalb wir von unten auch die Oberseite der Flügel sahen, rostrot und an den Spitzen riesige augenförmige Flecken aus Schwarz, Blau und Gelb, leuchtend das alles im Sonnenlicht.

Das Tier war so groß, dass wir, wenn es über uns war, den von seinem Flügelschlagen herrührenden Luftzug spürten.

Wir hatten die Köpfe in den Nacken gelegt, schauten und schauten.

»Er hat es geschafft«, sagte Gott.

Der Schmetterling flog nun kraftvoll, es war für einen Mo-

ment, als verlangsamte sich der Lauf der Welt, mein Atem ging in stetigen langen Zügen, mein Herz schlug gelassen in gedehntem Rhythmus, wie die Glocke eines mächtigen Kirchturms, die Falterflügel hoben sich, bis ihre Spitzen sich oben berührten, dann wogten sie durch die Luft, bis sie unter dem langen, zierlichen Pfauenaugenkörper wieder zusammenschlugen und sich auf den Rückweg nach oben machten, diese ganze Bewegung eine einzige große Feier des Lebens und der Schönheit.

»Sie schaffen es immer wieder«, sagte ich.

Wir standen nebeneinander, als der Falter langsam über den Fluss entschwand, stadtauswärts fliegend, dem Heizkraftwerk entgegen, dann an ihm vorbei. Als er, dem Bogen des Flusses folgend, schließlich verschwunden war, sahen wir uns an, und wäre der Mann neben mir nicht Gott gewesen, nicht mindestens zwanzig Milliarden Jahre älter als ich, hätten mich also nicht Respekt und Distanz und eine gewisse angeborene Scheu an dieser Geste gehindert, hätte ich ihn einfach umarmt. Auch ihm wäre wohl danach gewesen, doch wenn jemand so lange allein war, so unendlich lange immer nur allein mit sich, dann ist der Weg zu einer Umarmung wohl sehr viel weiter, als wir alle zusammen uns das vorstellen können.

Aber, letzten Endes: Was weiß man schon, was in Gott vorgeht in solchen Momenten und überhaupt?

Seltsam war nur, wie er mich, während der Schmetterling

so ins Blaue stieg, für einen Augenblick von der Seite ansah, zögernd und beinahe verlegen. Und wie ich, als ich diesen seinen Blick, für eine Sekunde nur, schüchtern erwiderte, sah, dass darin eine Frage lag, die Frage nämlich, ob dies nun genug sei, ob es reiche, ob es aufwiege, was wir bei der Wespe und beim Großen Egal gesehen hatten – und wie ich nicht nur den Eindruck, sondern das ganz sichere Gefühl hatte: Der will nicht einfach nur Trost. Er will mehr.

Und was wäre das: mehr?

Ich dachte an den Tag, als ich ihm schon einmal die Hand auf die Schulter gelegt hatte, und gestattete mir eine leise Berührung seines Ellenbogens. Wir gingen weiter den Fluss entlang, in der Erinnerung an diesen Moment versunken.

Ein paar Tage später machten wir in meiner Mittagspause wieder einen Rundgang über den alten Friedhof. Ich hatte gedacht, Gott würde noch mal auf unseren Besuch bei Dem Großen Egal zu sprechen kommen. Aber er sagte nichts.

Wir gingen den mittleren Gang zwischen den Gräbern entlang. Die Äste der hohen Bäume und ihr Laub schlossen sich über uns, als wollten sie das eindringende Sommerlicht gefangen halten, doch wer weiß schon, was Äste, Bäume und Laub wollen. Mich erinnerte dieser Gang immer an gewisse Kreuzgänge in Klöstern, die zu gotischen Kathedralen gehören: dieses Netzwerk steinerner Rippen und Reihungen, Rauten und Dreiecke, die sich über den Köpfen schließen, als habe man hier dem Licht eine Wohnung gebaut.

An der Friedhofsmauer blieben wir stehen.

Vor uns war an der Mauer eine sehr alte Gedenkplatte befestigt. In verblichener, von Wind und Wetter dem restlichen Stein nahezu gleichgemachter Gravur war darauf der Name eines Mannes zu lesen, auch der seiner Frau, »sein hochverehrtes Eheweib«, darunter der Name eines im Krieg gefallenen Sohnes, »ihr geliebtes einziges Kind«.

Ich sagte, dass ich oft sehr gerührt sei, wenn ich solche Steine und solche Schriften sähe.

»Was wir kaum noch lesen können«, sagte ich, »war einmal die ganze Welt für drei Menschen, es füllte sie ganz und gar aus. Vielleicht waren sie glücklich, weil jeder von ihnen das Wichtigste erreicht hatte, das ein Mensch in der Welt erreichen kann: dass er nicht in ihr verloren ist, dass es ihm also gelingt, einen anderen für sich zu gewinnen, und dass er, weil er diesen anderen für sich gewonnen hat, das Gefühl bekommt, dass es eben nicht egal ist, ob es ihn gibt oder nicht, wenigstens diesem einen anderen ist es nicht egal. Diese drei waren jedenfalls für sich damals Gegenwart und auch Zukunft, und nun sind sie Vergangenheit, was ja, nebenbei gesagt, ein interessanter Gedanke ist:

dass man erst einmal Zukunft gewesen sein muss, um Vergangenheit werden zu können. Und eigentlich sind sie nun nicht einmal mehr Vergangenheit; alles ist nur noch eine abgewetzte Andeutung, unbeachtet von den meisten, die hier gehen.«

»Warum bist du nicht Pfarrer geworden?«, sagte Gott. »Du redest so …«

»Dazu hätte ich an Gott glauben müssen«, sagte ich.

Wir betrachteten weiter die Steinplatte auf der Mauer.

Es erschienen die Umrisse einer großen Schublade, mit einem weißen Porzellangriff in der Mitte. Gott öffnete die Schublade.

Man sah eine Familie an einem Küchentisch sitzen: meine Familie nämlich, meine Frau, meine Kinder, auch mich selbst. Eine Schüssel stand auf dem Tisch, Teller, Bestecke, Gläser. Alle aßen und redeten.

Wir blickten lange still in die Schublade hinein, so lange, dass wir vergaßen, dass es sich um eine Schublade handelte, ja, wir sahen nichts anderes mehr, und nichts anderes war mehr da, keine Schublade, kein Grabstein, keine Mauer, kein Friedhof: nur noch dieses Bild.

»Wie seltsam!«, sagte ich.

»Das ist doch schön!«, sagte Gott.

»Sind Sie nicht hier, weil Sie unglücklich sind mit dem, was Sie geschaffen haben?«

»Ja.«
»Und weil Sie Trost benötigen?«
»Ja.«
»Und nicht nur das, sondern mehr?«
Er nickte langsam.
»Verzeihung?«
Er nickte so langsam, dass es kaum zu erkennen war.
»Wenn Sie die Welt nicht geschaffen hätten, wäre alles Schlimme nicht da. Aber das hier auch nicht.«
»Ja.«
»Tröstet es Sie, wenn Sie hier am Tisch glückliche Menschen sehen?«
»Vielleicht. Warum bist du glücklich, da, am Tisch?«
»Vielleicht: weil wir zwar Dem Großen Egal egal sind, aber einander nicht. Weil uns, hier, Das Große Egal egal ist. Vielleicht auch: weil ich Teil des Lebens bin. Das haben Sie doch selbst gesagt: dass Sie das Leben geschaffen haben und nicht den einzelnen Menschen, das einzelne Wesen. So gesehen sind wir alle Teilnehmer eines großen Schauspiels. Man kommt und man geht auf die Bühne. Mancher hat eine große, der andere eine kleine Rolle. Und ich bin mittendrin. Das macht mich glücklich.«
»Kannst du dich an den Mann in der Schublade erinnern?«
»Natürlich.«
»Ich schuf ihn, bevor ich euch schuf. Etwas von mir ist in

ihm: diese schreckliche Einsamkeit. Und etwas von ihm ist in jedem von euch.«

»Bei manchem ist es nicht nur etwas. Bei manchem ist es sehr viel. Oder alles.«

»Mit deinem Vater bist du unglücklich.«

»Er fehlt mir. Aber er hat mir auch schon gefehlt, als er noch lebte. Er hat mir immer gefehlt. Er war immer weit weg, verstrickt in seine Ängste. Schwirig, wenn einem der Vater im Leben nicht das zeigt, was man wollen könnte. Sondern nur das, was man nicht will. Wenn man nicht Mut geerbt hat, sondern Angst.«

»Aber ohne deinen Vater wärst du nicht hier.«

Mein Handy klingelte. Eine meiner Töchter fragte, wo ich bliebe, das Essen stünde auf dem Tisch, sie habe solchen Hunger und … Ich sagte, ich werde sofort da sein, in zwei Minuten.

»Ich muss gehen«, sagte ich.

Gott hörte mich nicht. Er blickte auf das große Bild, das er vor sich hatte, nur noch auf dieses Bild. Er war versunken darin, sehr ruhig saß er da, und ich glaube, er sah ein noch viel größeres Bild als jenes, das ich sehen konnte. Er sah das Bild, dessentwegen er hier war. Ja, wenn ich diese ganze Sache heute rückblickend bedenke, dann glaube ich: Wegen dieses Bildes war er hier.

Mich schien er vergessen zu haben.

Also ging ich einfach.

Eines Nachmittags saßen wir dann auf dem Viktualienmarkt und tranken Bier.

Der Büro-Elefant, der eben noch neben meinem linken Fuß gelegen hatte, erhob sich und trat auf seinen Bierkrug zu, der wie immer, wenn wir auf dem Viktualienmarkt sitzen, neben ihm stand. Er tunkte seinen Rüssel ins Bier und spritzte sich einen hübschen Rüssel voll Helles ins Maul.

Gott tätschelte ihm selbstvergessen den Rücken.

»Eine hübsche Idee«, sagte Gott. »Ich mag ihn.«

»Ich auch, ich auch«, sagte ich. »Er ist ja sogar mehr als eine Idee, nicht wahr? Er steht da. Er ist Wirklichkeit. Er ist eine Idee, und er ist Wirklichkeit, also: Er fiel mir ein, und nun ist er da. Aber wissen Sie, was mich stört? Es ist genau das, was Sie sagen: eine hübsche Idee. Ein bisschen zu hübsch, finden Sie nicht? Ein Elefant ist ein Riesentier, und hier wird er ganz klein gemacht. Niedlich. Alles Gewaltige fehlt ihm.«

»Ja, und?«

»Vielleicht sollte ich keinen Büro-Elefanten haben. Er ist ein bisschen albern.«

»Aber du hast ihn! Er ist dir eingefallen. Nichts fällt einem ohne Grund ein. Warum freust du dich nicht an dem, was dir eingefallen ist?«

»Das müssen Sie gerade sagen!«

Gott lachte laut.

»Noch eine Halbe?«, fragte er.

Er trank ganz gerne einen, wie es aussah. Und nicht nur Champagner.

Ohne meine Antwort abzuwarten, erhob er sich und ging zum Getränkestand. Mir fiel ein, dass er auf die zwei Halben, die wir schon getrunken hatten, mit sehr guter Laune reagiert hatte, und ich dachte, ob ich nicht vielleicht eine Verantwortung hätte, Gott gegenüber …

Selbst ich, der ich das Biertrinken gewöhnt war, befand mich ja schon in gehobener Stimmung.

Aber da stand er schon, zwei im Sonnenlicht golden glänzende Halbe Bier in der Hand. Der Schaum lief außen über die Gläser. Gott setzte sich und prostete mir lachend zu. Wir nahmen tiefe Züge.

»Es ist doch eigentlich großartig bei euch!«, seufzte Gott und wischte sich den Schaum von den Lippen. »Wahnsinn, was ihr hier aus dem gemacht habt, das ich entworfen habe! Kann ja sein, dass keiner an mich glaubt. Aber ich glaube an euch!«

Er trank wieder.

Plötzlich stieß er hervor: »Weißt du, was das Schlimmste im All ist? Dass es kein Ende gibt, kein verdammtes Ende, nie ein Ende!«

Er trank wieder.

»Das sagten Sie schon.«

»Ja, und?«

»Aber der Tod ist, was wir am meisten fürchten«, sagte ich.

»Was interessiert euch der Tod?!«, rief er. »Du lebst und bist nicht tot, und wenn du tot bist, lebst du nicht mehr. Der Tod kann euch gleichgültig sein.«

Er nahm einen weiteren Schluck.

»Ich hab's dir schon mal gesagt: Ich bin auch hier, weil ich euch beneide. Ich beneide euch um das Leben, ich beneide euch um den Tod. Ich beneide euch darum, dass ihr euch zu bewähren habt, dass ihr nachdenken müsst. Dass das Leben für euch eine Kostbarkeit ist, die ihr ergreifen könnt, dass dieses Leben für euch etwas Konkretes ist, das ihr zu *eurem* Leben machen könnt. Dass ihr das Unglück kennt und deshalb erfahren könnt, was Glück ist. Dass ihr um die Beliebigkeit wisst, und deshalb über das Wichtige nachzudenken habt.«

Er trank wieder.

»Wie ich euch beneide, Mann!«

Er trank noch einmal.

»Dass ihr nicht allein seid … Weißt du, dass es das war, was ich dachte, als ich nach der Geschichte mit dem Mann in der Schublade noch mal mit dem Schöpfen loslegte? ›Sie dürfen nicht allein sein!‹, habe ich gedacht.«

Dann fuhr er plötzlich, wie er es vorhin schon einmal getan

hatte, mit der Hand über den Rücken des Büro-Elefanten, und kaum hatte er es diesmal getan, wurde aus dem kleinen Tier ein großes, mit einem einzigen *Zawuuusch* dehnte es sich aus, die Bierbänke um uns herum polterten auseinander, aber die Menschen schienen keine Angst zu haben, sie standen nur in den Gassen und hinter den Marktständen und staunten. Der Büro-Elefant, der jetzt im Grunde kein Büro-Elefant mehr war (allenfalls ein Großraumbüro-Elefant), schien selbst sehr überrascht zu sein, er trompetete laut und zertrat (aber wohl mehr aus Versehen) einen Tisch. Dann ging er einige Schritte auf einen der Obst- und Gemüsestände zu und schnappte sich eine Kiste mit Bananen, um sich die Früchte ins Maul zu werfen.

»Gott, was tun Sie?«, schrie ich.

»Ist doch meine Sache, oder?«, sagte er und nahm noch einen großen Schluck aus seinem Glas.

»Aber es ist mein Büro-Elefant!«

»Dir war er doch gerade selbst zu klein.«

»Aber das läuft hier schief!«

»Es läuft doch dauernd irgendwas schief.«

»Sie müssen etwas tun!«

»Ich habe doch gerade etwas getan.«

»Dann tun Sie noch was!«

Gott streckte den Arm aus, er langte über den Tisch hinweg an meinen Kopf und strich mir übers Haar, als wolle er mich beruhigen. Aber es geschah etwas Erstaunliches: Ich spürte ein Knacken in den Gelenken, ein Ziehen in den Muskeln, eine Spannung in den Knochen – und ich wuchs, mein Hemd platzte, meine Hose riss, meine Schuhe fielen mir von den rapide sich vergrößernden Füßen. In einer Sekunde waren die Größenverhältnisse zwischen mir und dem Büro-Elefanten wiederhergestellt. Aber nur die zwischen mir und ihm. Denn ich war nun riesig groß, stand mit den Füßen zwischen den Marktständen und blickte zum Alten Peter hinüber.

Außerdem war ich nackt.

Und da inzwischen die gesamte anwesende Bevölkerung zu mir aufschaute und auch schon der Oberbürgermeister drüben am Marienplatz seinen Kopf aus dem Fenster seines Amtszimmers steckte, schnappte ich mir die große bayerische Landesfahne, die aus irgendeinem Anlass an einem Mast hing, und schlang sie mir um die Hüften. Der Büro-Elefant war inzwischen mit den Ästen einer der Kastanien im Biergarten beschäftigt, die er sich knackend ins Maul schob.

Ich nahm ihn auf den Arm, damit er kein weiteres Unheil anrichtete. So stand ich da, ein Mann, nur mit der Landesflagge bekleidet, mit einem Büro-Elefanten auf dem Arm.

Ich muss gestehen: Ich war ratlos.

Und ich hatte Angst: zwölf Meter hoch war ich, nahezu unbekleidet stand ich auf dem Viktualienmarkt herum, die Leute schauten und schauten. Da unten sah ich schon eine Schar Japaner, die hastig mit ihren Smartphones und Selfie-Stangen hantierten. Wahrscheinlich war ich bereits ein Hit im Netz. Mir war nach Fliehen zumute, aber fliehen in diesem Zustand? Ich konnte nicht mal in der Isar abtauchen, denn ich hätte sie bloß aufgestaut wie ein gestrandeter Wal.

Meine Blicke strichen nervös über den Markt. Ich suchte Gott.

Aber er war nirgends zu sehen.

Schließlich entdeckte ich ihn doch: in einem der Fenster des alten Rathausturmes, gleich neben dem Markt, ungefähr in Höhe meines Gesichts. Er stand da und winkte mir zu. Langsam stakste ich durch die Menschenmenge zu ihm, sorgfältig auf meine Schritte achtend, sehr darauf bedacht, keinen Japaner zu zertreten, und noch mehr um das Tuch um meine Hüften besorgt.

»Herrrrrgottttt …«, zischte ich.

Er lachte. Seine Augen blitzten.

»Das ist das erste Mal, dass ich richtig Spaß habe an dieser Sache!«, sagte er.

»Wie ich mich für Sie freue!«, flüsterte ich heiser.

In der Ferne hörte man eine Feuerwehrsirene.

»Und dennoch …«, flüsterte ich.

Die Feuerwehrsirene kam näher.

Am Ende des Tals, der Straße, die zum Alten Rathaus führt, konnte ich bereits das Blaulicht sehen. Es war ein Leiterwagen.

»Und dennoch …«, flüsterte ich, » … wäre ich dankbar …«

Das Feuerwehrauto hielt mit quietschenden Bremsen.

» … wenigstens für eine Hose …«

Neben mir fuhr die Leiter hoch.

Ich hatte plötzlich ein seltsames Gefühl um die Hüften und die Beine. Als ich an mir heruntersah, bemerkte ich, dass ich statt der Landesfahne eine Lederhose trug.

Ein Feuerwehrmann kletterte die Leiter hoch. Er war nun auf Höhe meines Gesichts.

Gott schaute mich an.

Und ich spürte, wie ich leicht wurde und mich erhob. Ich verlor den Boden unter den Füßen und begann zu schweben. Langsam stieg ich auf. Der Büro-Elefant versuchte zu trompeten, aber aus seinem Rüssel drang nur ein leises, erstauntes Hauchen. Die Menschen unten legten ihre Köpfe in den Nacken und schauten mir nach. Der Feuerwehrmann auf der Leiter hantierte mit einem großen Seil, er versuchte, wie ein Cowboy mit einem Lasso noch einen meiner Füße zu erwischen, aber es gelang ihm nicht, ich war schon zu weit oben, es zog mich rasch nach oben in den blauen Münchener Himmel, in dem einige blütenweiße Wolken standen, denen ich mich näherte.

Und dies war nun ein sehr schönes Gefühl, eines, von dem ich oft geträumt hatte: ein Freiwerden, Entschweben, eine ballonhafte Leichtigkeit, ja, ein Gefühl, das man Wurschtigkeit hätte nennen können, wenn der Ausdruck passen würde, aber irgendwie passte er nur zum Teil.

»Können eigentlich Vegetarier Wurschtigkeit empfinden?«, dachte ich, und es war das Letzte, das ich dachte. Dann war nur noch ein tief brummendes Wort in meinem Kopf, das ich schon kannte, aus einem ganz anderen Zusammenhang.

Aber ich empfand es nun vollkommen anders.

»Eeeeegaaaal …«, brummte es in mir und wieder: »Eeeegaaaaal …«

Ich ließ den Büro-Elefanten los. Er schwebte neben mir weiter.

»Eeeeegaaaaal …«, brummte es sanft und beruhigend in meinem Kopf.

Ich erreichte die Wolken. Auf einer von ihnen saß Gott.

Der Büro-Elefant stellte sich zuerst neben ihn, dann setzte er sich auf seinen Büro-Elefantenhintern. Er sank ein wenig in den Wolkenschaum ein, sodass er nur noch halb zu sehen war. Tendenziell war er wohl zu schwer für eine Wolke, beinahe jedenfalls.

»Eeeeegaaaaal …«, brummte es tief in mir.

Ich setzte mich neben Gott und den Büro-Elefanten.

»Eeeeegaaaaal …«

So saßen wir eine ganze Weile nebeneinander und schwiegen, betrachteten das Blau des Himmels und das Weiß der Wolken, und das Strahlen der Sonne betrachteten wir auch und genossen die Bequemlichkeit der Wolke, von der ich heute noch sagen würde, dass es sich um die angenehmste Sitzgelegenheit handelte, die ich je kennenlernte.

Wobei das Wort Sitzgelegenheit nicht ganz korrekt ist.

Man sitzt auf so einer Wolke, und man sitzt doch nicht … Wie soll ich dieses Gefühl bloß beschreiben? Das Sitzen und das Nichtsitzen heben sich gegenseitig auf, und dabei entsteht ein dritter Zustand, für den es kein Wort gibt. Es vereinen sich in ihm, also dem Zustand, sozusagen alle Vorteile des Sitzens (zu denen vor allem gehört, dass man eben nicht nichtsitzt) mit den Vorzügen des Nichtsitzens (unter denen ich hervorheben möchte, dass man nicht sitzt) zu einem Zustand des Sitzennichtsitzens, der vielleicht am ehesten zu verstehen ist, wenn man sich vorstellt, zugleich betrunken und nicht betrunken zu sein.

»Schön hier, oder?«, fragte Gott.

Ich nickte.

»Aber du hattest Angst vorhin, nicht wahr?«

Ich nickte wieder.

»Ich habe sie irgendwie überwunden …«

»Du hast sie durchdrungen«, sagte er. »Du bist durch sie hindurch, du hast sie erlebt, und jetzt siehst du, was hinter der Angst ist. Was sie verdeckt hat. Was dein Vater nie sehen konnte.«

Er schwieg einen Augenblick.

»Man braucht ein bisschen Mut. Ohne Mut kann man nicht frei sein, und ohne Freiheit gibt es kein Glück.«

Nach einer Weile senkte sich die Wolke der Erde zu. Sie landete direkt neben dem Tisch, an dem wir vorhin gesessen hatten und unter dem der Büro-Elefant gelegen hatte und an dem und unter dem wir drei nun wieder Platz nahmen und unser Bier weitertranken, als sei nichts passiert und doch alles geschehen.

Die Tür zu meinem Bürobalkon war offen. Ich arbeitete am Computer. Gott war vorbeigekommen, aber er saß jetzt nur ein wenig gelangweilt auf dem Sofa und blätterte in den Büchern, die dort herumlagen.

»Lass uns was trinken!«, sagte er.

»Schon wieder?«, fragte ich, schaltete aber den Computer ab und stand auf.

Er nahm die Uhr meines Vaters aus dem Regal, betrachtete sie, wendete sie hin und her. Dann öffnete er plötzlich eine Tür in der Wand, eine Tür, die sich neben meinem Bücherregal befand, in dem die Uhr gestanden hatte, bevor Gott sie nahm, an einer Stelle, wo in zwanzig Jahren, in denen ich hier fast jeden Tag verbrachte, nie eine Tür gewesen war.

Aber mich wunderte ja schon längst nichts mehr.

Gott trat beiseite, sodass ich in das Zimmer hinter dieser Tür blicken konnte, aber, nein, Quatsch! Es war gar kein Zimmer! Ich blickte ins Freie, auf einen kleinen, von heller Sonne beschienenen Teich inmitten einer Wiese, an dessen Rand sich ein Sprungbrett befand, von dem aus man in das dunkelgrüne Wasser des Teiches springen konnte.

Auf dem Brett stand mein Vater.

In Badehose.

Sprungbereit.

Aber vollständig bewegungslos.

»Er möchte endlich ins Wasser, mein Junge!«, sagte Gott und begann den Schlüssel zu drehen, mit dem man die Uhr aufzog. Und im gleichen Moment, in dem er mit dem Aufziehen begonnen hatte und die Uhr nun also lief, hechtete mein Vater mit einem eleganten Kopfsprung, wie ich ihn im Leben nie von ihm gesehen hatte, in das dunkelgrüne Teichwasser und tauchte unter, bis er nach einigen Sekunden zehn Meter weiter wieder zu sehen war. Seine rechte Körperseite erschien zuerst an der Oberfläche, dann der Kopf. Ein Arm hob sich langsam aus dem Wasser und sank sanft wieder ein. Mein Vater kraulte mit ruhigen, kraftvollen Bewegungen davon, und ich sah ihm nach, bis sein Kopf hinter blühenden Seerosen verschwand.

Gott holte mit der Hand aus, mit der er die Uhr hielt, schwang kräftig den Arm und schleuderte die Uhr durch die Tür in Richtung Teich. Sie landete im Gras neben dem Sprungbrett.

»Mann, was machen Sie mit meiner Uhr?!«, rief ich.

»Es ist nicht deine Uhr. Es ist seine«, antwortete er.

Er ging durch die Tür, die er gerade eben geöffnet hatte, und schloss sie hinter sich.

Und die Tür war weg.

Ich ging zur Bürotür, die nach wie vor vorhanden war, die ganz normale Tür in der ganz normalen Wand, öffnete sie und trat in den Hausflur.

»Gott?!«, rief ich ins Treppenhaus.

Stille.

»Gott?!«

Nichts. (Außer dass ich durch die Türspione Blicke auf mir ruhen spürte, die den seltsamen Gottessucher taxierten.)

Ich schloss die Tür hinter mir und lief die Treppe hinunter, über den Innenhof, hinaus auf die Straße, den Büro-Elefanten leicht atemlos neben mir.

Dort draußen im Café, gleich neben der Eingangstür des Hauses, saß Gott vor einem Glas Wein.

Ich setzte mich zu ihm.

»Wein?«, sagte ich.

»Warum nicht?«

»Als Sie das letzte Mal Alkohol tranken, schwebte ich danach halb nackt am Himmel.«

»Und danach hast du auf einer Wolke gesessen.«

»Ich meine ja nur. – Was ist mit meinem Vater?«

»Er trocknet sich wahrscheinlich gerade ab. Hat seine Uhr zurück.«

»Nichts ist vollkommen«, dachte ich. »Mein Vater war nicht vollkommen, ich bin nicht vollkommen, und Gott ist schon gar nicht vollkommen. Wir wären alle nicht hier, wenn es die Vollkommenheit gäbe, und es gibt verdammt viele Leute, von denen ich denke, dass es besser wäre, wenn es sie nie gegeben hätte.

Aber was mich persönlich angeht: Es wäre mir nicht recht, wenn es mich nicht gäbe. Und ohne meinen Vater gäbe es mich nicht, und ohne diesen eigenartigen einsamen Gott auf der Suche nach Verzeihung und Versöhnung gäbe es mich auch nicht. Lassen wir es dabei.«

Und nun, ganz plötzlich, wurde es dunkel, nicht nur ein bisschen, sondern stockfinster, rabenschwarz, dunkeldunkel. Und es war still, nicht nur ein bisschen, sondern mucksmäuschenstill, totenstill, stillstillstill.

»Vielleicht«, flüsterte Gott in diese Stille und in die Dunkelheit hinein, »eines Tages … mache ich noch mal was ganz Neues, wie ich nach der Sekretärinnen-Welt und der Mann-an-einem-Schreibtisch-Welt diese hier gemacht habe, aber besser, ohne Fehler. Einfach alles richtig machen, eine neue Welt gewinnen, noch mal loslegen!«

Grelles Licht fiel auf ihn wie auf einer Bühne.

Er nahm einen kräftigen Schluck Wein.

»Pass auf, mein Freund! Generalprobe!«

Plötzlich stand er neben mir, auf einem kleinen Podest, mit einem Frack bekleidet, einen Dirigentenstab in der Hand.

Er hob den Stab.

Ein leichter Wind kam auf. Von links unten zischte ein kleines Licht in die Ferne, das weit hinten, in einer unendlichen Ferne explodierte und als leuchtender Kreis stehen blieb. Gottes

Stab erhob sich, sank, erhob sich, sank, und aus der Stille hervordringend hörte ich ein weiteres Zischen, noch eines, noch eines und noch eines, und in unterschiedlichen Entfernungen sah man den leuchtenden Kreis plötzlich umgeben von hellen Punkten.

Gott arbeitete nun auch mit dem anderen Arm. Zwei rote Punkte rasten im Dunkel direkt vor uns aufeinander zu, sie knallten zusammen und verschmolzen, und während dies geschah, sprühte ein Funkenregen vor uns nieder, ja, einer der Funken sank glühend auf meine Jacke, die über der Lehne meines Stuhls hing, und brannte ein Loch hinein.

Gott rührte mit beiden Armen in der Luft, sein Haar wehte im nun stärker gewordenen Wind. In seinem Gesicht sah ich den Widerschein weiterer Explosionen. Immer neue Sterne erkannte ich am Himmel, ein fahl leuchtendes Gebilde erschien und zog alles Licht in seiner Umgebung auf sich, alle hellen Punkte in seiner Umgebung schienen in ihm zu verschwinden, bis ein Planet auf uns zuraste, als sollte er uns zermalmen. Ich hielt die Hände vors Gesicht, bis er mit einem quietschenden, bremsenartigen Geräusch zum Halten kam. Die gesamte Szenerie vor uns war mit seinem Bild erfüllt, seine schrundige Oberfläche von pickelartigen Erhebungen übersät, von Kratern und schartigen, wie Wunden in seine Planetenhaut gerissenen Tälern, auf die plötzlich ein gewaltiger Regen prasselte, während das Bild sich weiterdrehte. Man sah das leuchtend gelbe Delta eine Flusses, dann das strahlende Blau einer riesigen Eisspalte, darauf das wogende Grün eines riesigen Urwaldes, der mit einem Schlag von einer gewaltig schäumenden Wasserwand verschlungen wurde – das sanfte Rauschen der Blätter verschwand im Knall der niedergehenden Welle, alles gefressen vom Maul eines Ozeans, und alles, was man nun noch erkannte, war eine Brandung, die unaufhörlich und in immer neuen Wellen gegen einen endlosen Strand aus gelbem Sand anrannte.

Dann Stille.

Es wurde hell.

Die Straßenszenerie war wieder da, aber Gott stand noch auf seinem Podest, in sich zusammengesunken. Ich saß da, in meinen Kaffeehausstuhl gestreckt, raffte mich dann auf, stand und applaudierte. Der Büro-Elefant trötete, so laut es ihm möglich war, viel war es nicht. Er ist ja klein.

Die anderen Gäste und die Passanten starrten mich und das Tier an, ich zeigte auf Gott, bis ich begriff, dass sie nichts gesehen hatten. Sie sahen nur mich jetzt klatschen.

Und schon saß er wieder neben mir, schwer atmend noch.

»Geil, oder?«, sagte er.

Ich war verblüfft, aus seinem Mund das Wort »geil« zu hören.

»Verstehst du?«, rief er aufgeregt. »Es war ein großer Mo-

ment. – Ein Moment in meiner endlosen Unendlichkeit, ein Moment, den ich nutzen musste! Das Leben ist in einem Moment entstanden, und es wird immer im Moment bleiben.«

Er zeigte mit dem Finger auf etwas in meinem Rücken.

Ich drehte mich um.

Der Zug, den ich von meiner eigenen Ankunft hier neulich schon kannte, bog um die Ecke und fuhr langsam in unsere Straße hinein. Vor uns blieb er stehen.

Eine Tür öffnete sich zischend.

Gott stieg ein. Er drehte sich noch einmal kurz um, winkte mir zu, und das war das Letzte, was ich von ihm sah – nein, nein, ich dachte in diesem Moment nur, es wäre das Letzte, was ich von ihm sähe, denn kaum hatte die Tür sich leise zischend hinter ihm geschlossen, öffnete sie sich erneut mit dem gleichen Geräusch.

Gott stand im Türrahmen, sah mich lange an und atmete tief durch.

Dann sagte er: »Ich wollte dir noch was sagen.«

Die Tür schloss sich erneut. Dann öffnete sie sich wieder.

»Ich hasse diese automatischen Türen«, sagte Gott. »Ich wollte sagen …«

Die Tür schloss sich erneut.

Ich stürzte zum Türknopf, drückte ihn, die Tür ging wieder auf.

Gott stand noch da.

»Danke!«, sagte er.

»Gern geschehen!«, rief ich.

Die Tür schloss sich wieder. Der Zug fuhr an.

Ich versuchte, etwas im Inneren des Waggons zu erkennen und noch einmal einen Blick auf Gott zu erhaschen. War er das, der da drinnen, undeutlich zu sehen, mich noch einmal mit einer kurzen Handbewegung grüßte? Nein, die Fenster spiegelten nur mein Gesicht und meinen suchenden Blick, und auch das Gesicht und der Blick waren weg, als der Zug an Geschwindigkeit gewann und hinter der nächsten Straßenecke verschwand.

Ich stand auf und machte mich auf den Heimweg. Ich überlegte gerade, wie ich meiner Frau das kleine Brandloch in meiner Jacke erklären sollte – tatsächlich, nach dieser Großartigkeit dachte ich an eine solche Banalität! Aber ich war einfach so erschöpft vom Schöpfer, dass ich nur noch an Kleinigkeiten denken konnte, für mehr war kein Platz.

Ich bemerkte, dass der Büro-Elefant nicht da war. Ich drehte mich um. Da sah ich, wie er mit dem Rüssel auf dem Kaffeehaustisch herumsuchte, dann etwas schnappte und damit hinter mir herhechelte.

Der Dirigentenstab.

Das brave Tier blieb neben mir stehen, ich nahm ihm den Stab ab, drehte ihn verwundert in meinen Händen. Wie konnte Gott den vergessen haben?!

Ich erhob ihn.

Nichts geschah.

Ich blickte nach oben.

Nichts.

Doch!

Da war ein kleiner dunkler Punkt am klaren wolkenlosen Himmel. Er wurde größer. Langsam kam er näher. Es war ein Ball, so groß wie ein Wohnzimmer-Globus, er hüpfte plötzlich neben mir auf den Boden, sprang wieder hoch, kam erneut auf, schnellte hoch, hüpfte und hüpfte, bis ich rasch dem Büro-Elefanten den Dirigentenstab wieder zurückgab und dann mit den nunmehr freien Händen den Ball zu fassen bekam.

Es war eine Weltkugel, so groß wie jene, vor der Gott mich damals gerettet hatte, die Kontinente darauf, die Pole, die Ozeane. Aber sie war ganz leicht, ein stramm aufgepumpter, gut zu fassender Ball. Ich warf die Weltkugel dem Büro-Elefanten zu, der sie mit einem Absatzkick seines rechten hinteren Fußes wieder zu mir schoss. Ich fing sie auf und hatte schon gesehen, dass sich an der Hauswand, dort, wo noch nie ein Basketballkorb gewesen war, plötzlich ein Basketballkorb befand.

Ich sprang empor und warf die Weltkugel sicher hinein.

»Hey, was machst du da?!«, rief meine Frau. Sie winkte vom Balkon, neben ihr standen die Kinder. Sie lachten.

Ich suchte nach dem Ball. Er war weg. Der Basketballkorb auch. Nur den Dirigentenstab hielt der Büro-Elefant noch mit dem Rüssel fest.

Ich nahm den Stab und lief nach oben in die Wohnung.

»Was ist das für ein Stab?«, fragten die Kinder. »Und warum bist du unten so komisch gehüpft?«

Ich erzählte, dass ich den Stab gefunden hätte, im Café habe er auf dem Tisch gelegen. Als ich ihn aufgehoben hätte, sei eine Weltkugel in Form eines Balles vom Himmel gefallen, die hätte ich in einen Basketballkorb an der Wand geworfen.

Und sie umarmten mich und riefen, wie schön sie es fänden, dass ich so schöne Geschichten erfinden könne und ihren Alltag mit so detailreich erfundenen Erzählungen bereichere und verziere.

»Aber ich habe es nicht erfunden, es ist wirklich geschehen!«, rief ich. Doch da waren sie schon dabei, mir zu berichten, was den Tag über … – nein, nein, nein, das waren sie nicht, das geschah nicht, es passierte etwas anderes.

»Tatsächlich?«, fragte meine Frau.

»Es ist wirklich geschehen?«, fragten die Kinder.

»Natürlich«, sagte ich.

»Dann erzähl es uns bitte noch einmal ganz genau!«

Und ich erzählte es noch einmal, ganz genau. Ich erzählte die ganze Geschichte vom Besuch des Alten, von seiner seltsamen Fremdheit erzählte ich, seiner Sehnsucht und Einsamkeit, seiner Hoffnung auf Vergebung und seiner Bitte um Versöhnung. So lange erzählte ich, bis ich alles gesagt hatte und wir alles geteilt hatten.

Am nächsten Tag ging ich wieder ins Büro. Ich stand vor dem Regal. An die Stelle, an der so lange Zeit die Uhr meines Vaters gestanden hatte, legte ich den Dirigentenstab. Und ich ging an die Arbeit. Lächelnd und entschlossen ging ich an die Arbeit.

© Verlag Antje Kunstmann GmbH, München 2016
Satz: Schuster&Junge, München
Lithografie: Reproline-Genceller, München
Druck und Bindung: Pustet, Regensburg
ISBN 978-3-95614-118-8